Sombis Rygbi

DAN ANTHONY

Addasiad Ion Thomas

Gomer

I
Bethan a Caitlin

Cyhoeddwyd gyntaf yn 2010 gan Pont Books,
gwasgnod Gwasg Gomer, Llandysul, Ceredigion, SA44 4JL

Cyhoeddwyd gyntaf yn Gymraeg yn 2012
gan Wasg Gomer, Llandysul, Ceredigion, SA44 4JL

www.gomer.co.uk

ISBN 978 1 84851 570 3

Dymuna'r cyhoeddwyr gydnabod cymorth
Adrannau Cyngor Llyfrau Cymru.

Argraffwyd a rhwymwyd yng Nghymru gan
Wasg Gomer, Llandysul, Ceredigion

Prolog

Chafodd Arwel mo'i ddewis.

Ar ôl yr ymarfer olaf, dewisodd yr athro chwaraeon rywun arall. A bod yn deg â Mr Edwards, doedd Arwel ddim wedi disgleirio. Chafodd e ddim mo'r bêl am amser hir ac yna fe ollyngodd hi.

Ond gwyddai Arwel y gallai fod wedi gwneud yn well. Gartref aeth dros yr ymarfer gan feddwl beth y dylai fod wedi gwneud yn well... *ochrgamu, cic fach bwt, y bêl yn adlamu 'nôl i'w ddwylo, tri o hyd i'w curo, ond mae'n hyrddio drwyddyn nhw ac yn sgorio cais dan y pyst!*

Pennod 1

Roedd Arwel yn byw mewn tref fach yn ne Cymru oedd yn ddwl bost am rygbi. Ar furiau'r ysgol roedd lluniau o'r holl gyn-ddisgyblion a oedd wedi cynrychioli Cymru dros y blynyddoedd. Roedd rhai o'r lluniau mor hen fel eu bod wedi colli eu lliw nes gwneud y chwaraewyr i ymddangos fel rhith o'r hyn oedden nhw. Doedd dim yn arbennig iawn am yr ysgol. Roedd ganddi goridorau hir, stafelloedd dosbarth gyda ffenestri mawr a tho fflat y byddai rhywun yn siŵr o ddisgyn drwyddo o leiaf unwaith bob tymor. Byddai gweithwyr yno byth a hefyd yn ceisio trwsio'r adeilad, a oedd wedi'i godi ar frys ar ddechrau'r 1980au. Roedd y llywodraethwyr wedi cytuno i adeiladu bloc gwyddoniaeth newydd i anrhydeddu cyn-ddisgybl a oedd nawr yn wyddonydd enwog ac wedi cyfrannu llawer o arian i'r ysgol. Cyn bo hir byddai yna enw newydd ar y lle hefyd, sef Ysgol Gyfun Malcolm Jenkins.

Gwell oedd gan y disgyblion eu henw eu hunain ar y lle: Ysgol Gyfun Aberarswyd.

*

Gweithiai mam Arwel yn hynod o galed. Diddordeb ei dad oedd ymchwilio i brofiadau ysbrydol newydd. Rhai doniol oedd ei rieni, meddyliai Arwel, gan nad oedd yr un ohonyn nhw'n glynu at unrhyw beth am yn hir iawn. Roedd ei fam yn ceisio am swyddi newydd yn gyson ac roedd ei dad yn trio dilyn gwahanol grefyddau yn gyson. Roedd wedi trio'r mwyafrif o'r prif rai ond, am wahanol resymau, doedden nhw ddim wedi ei blesio. Bwdaeth oedd yn mynd â'i fryd ar hyn o bryd.

Ond roedd un grefydd yr oedd tad Arwel yn ei dilyn yn gyson. Rygbi. Dyma'i gariad cyntaf. Oherwydd hynny, roedd yn cael ei adnabod fel 'Mr Rygbi' yn ardal Aberarswyd.

Roedd mam Arwel yn gweithio i gwmni o gyfreithwyr. Cyn hynny bu'n gweithio mewn gwesty. A chyn hynny roedd hi'n nyrs. Cynigiai helpu'n gyson yn y Rose and Crown lan yr hewl, sef tafarn ei brawd.

Roedd gan Arwel chwaer hŷn hefyd, sef Tania. Roedd hi ym Mlwyddyn 12 ac roedd ganddi gariad o'r enw Steve; roedd yntau ym Mlwyddyn 13, yn gyrru Fiesta ac yn chwarae rygbi dros dîm yr ysgol a'r sir. Ar ddiwrnodau gêmau rhyngwladol roedd gan Steve swydd yn Stadiwm y Mileniwm. Gwisgai siaced felen â'r gair 'Swyddog' ar y cefn, a chariai radio arbennig er mwyn gallu siarad â'r swyddogion eraill. Unwaith neu ddwy roedd Arwel wedi mynd gyda Tania i'w wylio'n chwarae rygbi. Y tro cynta, trawyd Steve yn anymwybodol ac roedd yn rhaid iddo adael y cae. Dywedodd fod y byd yn troi a throelli go iawn ac y medrai weld gwartheg seicadelig ym mhobman. Y tro arall fe sgoriodd gais.

Adre ar y silff ben tân roedd yna luniau: rhai o Tania'n ennill medalau nofio, pêl-rwyd a dawnsio, ond dim ond un o Arwel oedd yno. Llun ohono mewn crys rygbi gwyrdd fel aelod o'r tim rygbi dan saith oed lleol. Edrychai'n hynod o wirion, â'i wallt brown wedi ei gribo lawr yn fflat. Ar y silff hefyd roedd yna luniau o'i dad dros y blynyddoedd yn chwarae rygbi dros dîm Aberarswyd; roedd yna rai mwy diweddar ohono'n gwisgo siaced pwyllgor clwb rygbi Aberarswyd. Roedd yna luniau o briodas ei rieni, ei fam-gu a'i dad-cu, penblwyddi a phriodasau ei gefnder a'i gyfnitherod ac ambell un o hwn a'r llall yn dal babis. Gwyddai Arwel y byddai'n wych cael un llun arall ohono ef ei hun ar y sil hefyd. Un llun ohono'i hun yn chwarae rygbi dros ei ysgol. Ond, er pob ymdrech, doedd e ddim wedi'i ddewis i'r tîm yn ddiweddar, felly ni châi ei le ar y silff ben tân.

Nid oedd gan Arwel griw mawr o ffrindiau, a dau o'i rai gorau oedd Gruff Salis a Martin Thomas. Byddai'n cwrdd â nhw tu fas y siop Spar fin nos i gloncan, yn enwedig yn y gaeaf. Bydden nhw'n mwynhau gweld pwy oedd o gwmpas a beth oedd yn digwydd. Roedden nhw'n cytuno ar un peth: doedd dim byd cyffrous i'w wneud yn Aberarswyd.

Roedd Gruff wastad mewn trwbwl. Roedd yn dal, gyda llygaid mawr tywyll, gwyllt, a gwallt cyrliog a safai i fyny fel nyth brân. Dywedai Miss Treharne, pennaeth yr ysgol isaf, ei fod yn ddrwg o'i gorun i'w sawdl ond gwyddai Arwel nad oedd hynny'n wir.

Roedd e'n gymeriad. Chwaraeai rygbi o bryd i'w gilydd; ac yn aml iawn câi ei anfon o'r cae. Dywedai Gruff ei bod yn iawn i dalu'r pwyth yn ôl os oedd y tîm arall yn clatsho gyntaf. Os nad oedd rhywun yn gallu cymryd clatshen, ddylen nhw ddim dechrau clatsho, medde fe.

Doedd Martin ddim yn chwarae rygbi. Dywedai fod yn well ganddo syrffio, er nad oedd ganddo fwrdd syrffio ac nad oedd yn byw'n agos at y môr. Dywedai fod chwaraeon yn wastraff amser. Edrychai Martin yn llwglyd drwy'r amser, fel petai heb fwyta ers dyddiau. Cafodd chwarae rhan cymeriad Oliver yn sioe Nadolig yr ysgol oherwydd ei fod yn edrych mor wantan. Roedd ganddo lygaid glas a gwallt golau a barodd i'r gynulleidfa i gyd dosturio drosto pan ofynnodd y cwestiwn pwysig hwnnw, 'Syr, os gwelwch yn dda, ga i fwy?' Mewn gwirionedd, doedd Martin ddim yn llwgu; dywedai ei fam fod ei fwydo fel rhofio creision i bwll diwaelod.

Ar wahân i dreulio'u hamser hamdden tu fas i siop Spar Aberarswyd, byddai'r tri ohonyn nhw'n aml yn mynd i gartref Martin gan fod ei dŷ ar gyrion y dref. Tu ôl i'r tŷ roedd y mynydd a'r goedwig. Pan oedden nhw'n iau bydden nhw'n chwarae cuddio yno. Bellach, roedd yn lle iddyn nhw ddianc iddo.

Nos Fercher buon nhw'n cicio'u sodlau tu fas i Spar, ac oherwydd bod Gruff wedi bod yn cam-drin y bin sbwriel, bu'n rhaid iddyn nhw ddianc ar frys. Cilio i'r goedwig tu ôl i dŷ Martin wnaethon nhw.

Erbyn iddyn nhw gyrraedd yno roedd hi wedi tywyllu. Roedd hi'n rhyfedd yn y goedwig, fel tir neb. Wrth edrych i un cyfeiriad gellid gweld yr holl gwm wedi ei oleuo, gyda thai, goleuadau stryd, siopau a cheir yn symud fel llongau gofod bach yn niwl Tachwedd. Wrth droi ac edrych i'r cyfeiriad arall, dim ond amlinell lom a llwyd y mynydd yn codi fel cefn anghenfil oedd i'w weld, a'r goedwig, lle a oedd mor dywyll yn y nos, fel twll mawr du. Arferai Martin ddweud mai hwn oedd ymyl y bydysawd: wrth edrych i lawr roedd Aberarswyd i'w weld a'i holl oleuni diflas: wrth edrych i fyny byddai'n anodd gwybod beth yn union oedd yno. Roedd Arwel hefyd wedi dechrau meddwl bod wal gardd gefn Martin yn ffin rhwng dau fydysawd. Roedd hynny'n cŵl.

Eisteddodd Arwel, Gruff a Martin ar y wal gan edrych lawr ar Aberarswyd. Gwnâi'r goleuadau stryd i'r dref edrych yn gyffrous, er nad oedd hynny'n wir. Yr unig ffordd i fywiogi'r lle oedd drwy wneud rhywbeth. Weithiau bydden nhw'n chwarae gêm o'r enw 'argyfwng'. Byddai'n rhaid edrych i lawr y cwm a chwilio am rywbeth, fel lorri yn gyrru lawr yr A470 i Gaerdydd. Yna byddai'n rhaid dweud beth oedd yr argyfwng.

'Yng nghefn y lorri las mae 'na ddeunydd ymbelydrol o'r ffatri draw fan 'na.' Pwyntiodd Arwel ar draws y cwm at y stad ddiwydiannol. 'Dyna lle ma nhw'n gneud arfau niwclear; tancyr y Maffia yw'r lorri ac ma nhw'n mynd i fygwth y llywodraeth.'

Doedd Gruff a Martin ddim yn gwrando go iawn. 'Beth am gael rhyfel?' awgrymodd Gruff.

Beth am i ni beidio,' meddai Arwel. 'Bydden ni'n cael crasfa.'

Y tro diwethaf iddyn nhw gael brwydr oedd yn erbyn bechgyn ysgol o dref gyfagos Aber-gwâl. Dechreuodd y cyfan oherwydd i rai o fechgyn Ysgol Gyfun Aberarswyd ymosod ar fachgen o Aber-gwâl o'r enw Ieuan Smith. Roedd wedi bod yn chwarae dwli tu fas i Spar Aberarswyd, er bod Spar llawer gwell a mwy o faint yn Aber-gwâl. I dalu'r pwyth yn ôl am hynny, taflodd Ieuan Smith a'i gang fricsen drwy ffenest Spar Aberarswyd. Dim ond un canlyniad posib oedd: cyhoeddodd Ysgol Gyfun Aberarswyd ryfel. Ar ôl i'r ysgol gau aeth torf fawr i gyfeiriad Aber-gwâl, ond erbyn iddyn nhw gyrraedd, dim ond deg o'r fintai oedd ar ôl. Arwel, Gruff a Martin oedd tri o'r deg.

Edrychodd Martin ar draws y cwm. 'Ddylen ni ddwyn rhywbeth,' meddai'n feddylgar.

'Fel beth?' holodd Gruff.

'Sai'n gwbod,' meddai Martin. 'Allen ni'i guddio fe lan fan hyn.'

'Beth?' gofynnodd Arwel.

'Beth bynnag wnawn ni ddwyn,' meddai Martin.

Goleuodd llygaid mawr brown Gruff: dyna fe – syniad.

'Y binie olwyn,' meddai. 'Dewch i ni ddwyn y binie sbwriel o Spar.'

Edrychodd Arwel a Martin ar Gruff: doedd e ddim yn syniad rhy ddrwg.

'Fyddan nhw ddim yn dishgwl i neb ddwyn eu binie nhw,' meddai Gruff. 'Dychmygwch yr olwg fydd ar eu hwynebe nhw ar ôl darganfod eu bod nhw 'di mynd!'

'Allen ni'u cuddio nhw lan fan hyn,' meddai Martin. 'Fydd neb yn meddwl am edrych fan hyn. A sdim camerâu diogelwch 'ma chwaith.'

'Grêt,' cytunodd Gruff. 'Syniad gwych.'

Ond doedd Arwel ddim wedi'i argyhoeddi. Doedd e ddim yn gallu gweld beth oedd pwrpas gwneud hyn. Ond fedrai e ddim chwaith weld pam *na* ddylen nhw – ar wahân i'r rhesymau amlwg. Doedd neb erioed wedi cymryd rhywbeth mor fawr a rhyfedd â biniau olwyn Spar. Roedd hynny'n cŵl. Ac ar bobl y siop roedd y bai am eu trin nhw, blant, yn wael. Dim ond fesul dau y caen nhw fynd i mewn, oherwydd bod y perchennog yn eu hamau nhw o ddwyn. Ond yr unig reswm y cymerai'r plant bethau o'r siop oedd oherwydd bod y gweithwyr mor gas. Byddai 'benthyg' y biniau'n dysgu gwers iddyn nhw – yn enwedig pe baen nhw'n eu dychwelyd nhw'n ddiweddarach. Ar y llaw arall, meddyliodd Arwel, doedd y dasg ddim yn mynd i fod yn hawdd. Ond dyna a wnâi'r syniad yn cŵl.

Yr eiliad honno, cododd y gwynt. Roedd yn oer, yn hynod o oer – mor oer nes y chwythai drwy'r tri ohonyn nhw. Gwnaeth i'w hesgyrn grynu. Byddai gwynt fel hyn yn digwydd o bryd i'w gilydd ar y mynydd. Edrychon nhw ar ei gilydd, ac yna 'nôl i fyny ar y goedwig. Roedd fel y fagddu y tu mewn iddi. Crynai'r coed fel ci yn ysgwyd. Deuai'r gwynt o'r canol. Codai'r goedwig ofn ar lawer o bobl gan wneud iddyn nhw deimlo bod y lle'n llawn bwganod. Ond gwyddai Arwel nad oedd hynny'n wir. Roedd wedi bod yn mynd yno ers oesoedd. Y gwynt oer a godai ofn ac amheuon. Dyna a wnai'r goedwig yn cŵl; roedd yn rhywle i ddianc iddi.

Dywedai Martin fod yna nifer o resymau eraill pam roedd y lle'n codi ofn ar gymaint o bobl: roedd ambell un yn cadw ieir ac anifeiliaid eraill a gallai'r rheiny wneud synau rhyfedd weithiau. Roedd yna geffylau hefyd ar y mynydd: weithiau bydden nhw'n mynd ar goll. Roedd hyd yn oed ambell drempyn yn cysgu yn y coed o bryd i'w gilydd ac fe allech chi eu clywed yn siarad.

Ymhen hir a hwyr aeth y bechgyn adre: roedd yn rhy oer i aros mas. O leiaf roedden nhw'n gwybod beth i'w wneud nesaf. Bydden nhw yn 'benthyg' y biniau olwyn o Spar.

'Na, mae e mas nawr,' mwmialodd Tania.

'Ddylet ti fynd draw i'w weld e,' awgrymodd ei mam.

'Fe wnes i 'i decsto fe. Wedes i bod popeth drosodd rhyngddo fi a fe,' meddai Tania. 'Mae e mor hunanol …fe a'i anafiade.'

Ochneidiodd mam Arwel gan eistedd i lawr o flaen y gliniadur. Tynnodd Tania ei ffôn allan a dechrau tecstio'n wyllt. Aeth Arwel i'r stafell fyw gan gynnau'i gyfrifiadur yntau.

Wrth ddarllen drwy ei negeseuon, sylwodd Arwel fod gan Gruff newyddion go iawn. Roedd Steve wedi ei anafu wrth chwarae mewn gêm brawf i dîm Cymru dan 19 oed. Er ei fod wedi gorfod gadael y cae, roedd wedi cael ei ddewis i'r garfan. Aeth Arwel 'nôl i'r gegin. Doedd Tania ddim yn crio bellach. Roedd hi'n bwyta bisgedi siocled ac yn yfed te.

'Gredwch chi fyth,' meddai Arwel.

Edrychodd Tania a'i mam arno. 'Beth?' medden nhw.

'Ma Steve yn mynd i chware dros Gymru.'

Edrychodd Mam ar Tania. Edrychodd Tania ar Arwel. 'Wir?' meddai.

'Doeddet ti ddim yn gwbod?' holodd Mam.

'Wnes i ddim gofyn. Ma'n rhaid 'mod i 'di gorffen 'dag e cyn iddo fe allu gweud wrtha i.' Daeth cysgod o banig sydyn dros wyneb Tania. Cnôdd ei llaw. Gwyddai ei bod wedi gwneud camgymeriad. 'Ma'n rhaid i fi fynd mas,' meddai.

A bant â hi. Ond daeth 'nôl ar unwaith. 'Arwel, ti'n dod 'da fi.'

A chyn iddo allu llyncu mwy o gaws roedd yntau hefyd ar ei ffordd allan drwy ddrws y ffrynt.

*

Cerddodd Tania, gydag Arwel yn ei dilyn, i gartref Steve ar stad dai newydd Godre'r Coed, yn union tu ôl i'r archfarchnad. Roedd gan dŷ Steve ardd flaen a garej. Doedd Tania ddim eisiau cael ei gweld, felly dyma nhw'n sefyll tu ôl i goeden yng ngardd cymydog. Yno, dechreuodd egluro'i chynllun wrth Arwel. Dywedodd wrtho am fynd i weld Steve i siarad am rygbi. Wedyn, roedd i ddweud wrtho ei bod hi'n wir ddrwg gan Tania am ei anaf ac nad oedd hi eisiau gorffen gydag e o gwbwl. Doedd Steve ddim ar unrhyw gyfrif i wybod ei bod hi tu fas, yn cuddio tu ôl i goeden.

Credai Arwel fod y sefyllfa'n hollol wirion ond roedd yn hoff o Steve ac eisiau gwybod oedd e wir yn mynd i chwarae dros Gymru. Byddai hynny mor cŵl. Felly cerddodd i lawr y llwybr at ddrws ffrynt tŷ Steve a gwasgu'n galed ar y gloch.

Mam Steve agorodd y drws. Roedd hi'n wraig dal â llygaid brown a gwefusau coch llachar. Edrychodd ar Arwel.

'Ti 'di clywed,' meddai gan bwyntio at sgidiau Arwel.

Tynnodd Arwel ei sgidiau wrth gofio am garpedi

gwyn trwchus mam Steve. Wedi gwneud hynny cafodd fynd i mewn i'r tŷ. Roedd y carpedi mor wahanol i'w gwallt hi a oedd yn gwta ac yn ddu.

'Mae e yn y stafell fyw, ddim gwaeth nag arfer, am wn i,' meddai. 'Geith e ragor o de cyn bo hir. Hoffet ti ddishgled? Bisgedi?'

Derbyniodd Arwel y cynnig. Roedd e wrth ei fodd yng nghartref Steve, yn enwedig gyda'r carped trwchus yn gynnes am fodiau ei draed.

Gorweddai Steve ar y soffa, yn gwylio'r teledu. Ceisiodd Arwel holi cymaint ag y medrai am y gêm brawf a chap Cymru cyn iddo ddweud gair am Tania. Cyn gynted ag y gwnaeth hynny, dechreuodd Steve decstio'n brysur. Hanner munud yn ddiweddarach, roedd Tania wrth y drws ffrynt.

Ymhen dim, roedd Steve a Tania'n frwd i gael gwared ar Arwel, felly dyma gynnig lifft adre iddo yn y Fiesta. Ar y ffordd, dyma nhw'n pasio Spar. Chwiliodd llygaid Arwel yn galed am y biniau olwyn. Doedden nhw ddim yno. Roedd hynny'n rhyfedd. Rhaid bod Gruff a Martin wedi bod yn brysur yn barod.

Wedi iddo gyrraedd adre, arhosodd Arwel tan i gar Steve ddiflannu rownd y gornel. Yna cerddodd i gyfeiriad y goedwig tu ôl i dŷ Martin.

Roedd hi'n dechrau tywyllu ac roedd yr hen wynt oer yna'n chwythu unwaith eto. Chwiliodd Arwel am Martin a Gruff ond ni fedrai eu gweld. Doedd hynny ddim o bwys oherwydd gwyddai'n union ble fydden nhw – yn yr hen guddfan yng nghanol y coed pin.

Doedd hi ddim yn anodd cyrraedd yno gan fod y goedwig yn drwchus ac yn rhwystro dim rhag tyfu ar lawr, ar wahân i goed pin. Roedd y ddaear yn feddal, wedi'i gorchuddio gan frigau a hen nodwyddau pin, a suddai ei draed i mewn i'r carped meddal, trwchus gyda phob cam.

Roedd Arwel yn gyfarwydd â'r ffordd o gwmpas y goedwig, a daeth o hyd i'r cuddfan yn gyflym. Yn ôl y disgwyl, yno safai dau fin sbwriel mawr ar olwynion. Prin y medrai eu gweld yn glir. Roedden nhw'n edrych yn arallfydol. Yn nhywyllwch y goedwig â'r golau'n pylu'n gyflym, gwaeddodd ar Gruff a Martin, ond doedd dim sŵn i'w glywed ar wahân i sisial y coed pinwydd yn yr awel ryfedd.

Yna teimlodd Arwel rywbeth. Chwythodd awel oer o ddyfnderoedd y goedwig. Roedd mor oer nes chwythu'n syth drwyddo gan rewi ei du mewn. Doedd e ddim yn gwybod pam, ond yn sydyn, teimlai'n ofnus iawn. Teimlai fel petai rhywun yn ei wylio. Craffodd a syllodd o'i gwmpas, ond roedd golau dydd wedi hen ddiflannu. Gallai weld siapiau boncyffion coed. Dychmygodd ei fod yn gweld pethau'n symud rhyngddyn nhw. Efallai mai'r canghennau oedd yn creu cysgodion yn y nos. Ac yna daeth rhyw sŵn, fel rhyw ochneidio rhyfedd, isel, hir.

Unwaith eto rhoddodd Arwel waedd ar Martin a Gruff. Ond cododd ac oerodd y gwynt, a chryfhaodd yr ochneidio – yn uwch ac yn uwch fel na fedrai ei anwybyddu. Heb feddwl rhagor, rhedodd Arwel.

Rhedodd nerth ei draed, gan lithro ar y nodwyddau pin wrth ddilyn y llwybr mas o'r goedwig. Cyrhaeddodd ochr fas y goedwig, ond nid edrychodd yn ôl. Daliodd i redeg, lawr un heol, yna un arall, i mewn i flanced oren y goleuadau stryd. Ymhen tipyn stopiodd ac edrych dros ei ysgwydd. Doedd dim byd yno. Doedd neb yn ei ddilyn.

Cerddodd adre, gan wfftio'r ffaith iddo fod mor ddwl.

Pennod 3

Drannoeth, safai Arwel, Martin a Gruff yn edrych ar y daflen ddiweddaraf ar yr hysbysfwrdd tu fas i'r stafell newid. Arni roedd enwau aelodau'r tîm. Roedd Arwel yn siŵr fod ei ddau ffrind wedi bod yn ymddwyn yn rhyfedd drwy'r bore; roedden nhw'n sibrwd wrth ei gilydd ac yn cilwenu arno. Nawr meddyliodd y byddai'n darganfod y rheswm pam.

'Rygbi Blwyddyn 9 – Y Tîm Cyntaf,' meddai'r rhestr. Roedd yr enwau arferol yno, yn cynnwys Gruff, rhif 2, bachwr. Ond roedd yna enw newydd yn rhif 11, Arwel Williams. O'r diwedd roedd wedi cael ei ddewis i chwarae i'r tîm cyntaf. Doedd hyn erioed wedi digwydd iddo o'r blaen. Roedd wedi chwarae i'r ail dîm, ac wedi bod yn eilydd i'r tîm cyntaf, ond erioed wedi cael gêm lawn. Nawr roedd wedi ei gwneud hi!

Roedd yn gwybod pam. Roedd Gwyndaf, 'Clec' fel yr hoffai gael ei adnabod, wedi mynd i Langrannog ar gwrs Cymraeg; roedd Meilyr, y bachgen ail gyflymaf yn y flwyddyn, yn sâl, a Ceri Jones wedi'i wahardd o'r ysgol am regi ar athro. Felly, roedd Mr Edwards yn brin o chwaraewyr.

Rhoddodd Gruff ergyd i fraich Arwel i'w longyfarch. 'Ti 'di neud hi,' chwarddodd.

Gwingodd Arwel a rhwbio'i fraich. Doedd Gruff ddim yn sylweddoli ei fod mor gryf, ac roedd braich

Arwel yn brifo. 'Dim ond achos camfihafio, tostrwydd a Chymraeg,' meddai Arwel. 'Fi yw'r dewis olaf.'

'Hy! Ma'n rhaid i ti gymryd dy gyfle ym myd chwaraeon – sdim ots shwt ddaw'r cyfle,' meddai Martin, 'neu ti'n cerdded bant, fel fi. Weli di 'mohona i'n mynd mas i wlychu ganol gaea', a chael cosfa gan griw dwl o Bonti!'

Chwarddodd Gruff. 'Paid â phoeni, sortwn ni *nhw* mas gynta; bydd hi'n rhwydd – mae arnyn nhw'n hofn ni. Ma 'da ni . . . fi,' meddai gan wneud ystum i fwrw braich Arwel unwaith eto.

Gafaelodd Arwel yn ei ddwrn a'i wthio i lawr. 'Dwi'n gwbod,' meddai, 'diolch byth.' Carlamai ei feddwl. Y gêm oedd yr unig beth ar ei feddwl nawr. Byddai ei dad yno. Gobeithiai na fyddai'n gwneud smonach o bethau. Byddai'n ofnadwy petai'n methu tacl. Roedd yn rhaid iddo wneud popeth yn iawn. Byddai ei dad wrthi unwaith eto'n ceisio'i gael i ddod lan i'r clwb rygbi. Doedd e ddim yn siŵr oedd e'n barod i wneud hynny. Yn y clwb roedden nhw'n hynod o ddifrifol. Ar y llaw arall, petai'n chwarae'n dda, efallai y câi le ar y silff ben tân.

'Ond bydd yn rhaid i ti baratoi dy hun yn feddyliol,' meddai Martin.

Syllodd Gruff yn syth i lygaid Arwel. Yna dechreuodd wneud sŵn ochneidio isel, hir, tebyg i'r sŵn a glywodd Arwel yn y goedwig. Dechreuodd Gruff ac Arwel chwerthin yn afreolus. Doedd Arwel ddim yn deall. Beth oedd yn bod arnyn nhw?

Esboniodd Martin am y biniau olwyn. Roedden nhw wedi'u llusgo lan i'w cuddfan. Dywedodd Arwel ei fod yn gwybod hynny eisoes. Roedd wedi'u gweld nhw, meddai. Yna dechreuodd Martin chwerthin o waelod ei fol unwaith eto. Erbyn iddyn nhw lwyddo i gael y biniau i'r goedwig, roedd hi wedi tywyllu, medden nhw. Yna, roedden nhw wedi clywed sŵn rhywbeth – rhywbeth y tu ôl iddyn nhw, yn eu dilyn nhw. Feddylion nhw i ddechrau mai rhywun o Spar oedd yno, felly dyma nhw'n penderfynu cuddio i mewn yn y biniau. Roedden nhw wedi cael llond twll o ofn. Wedyn, pan glywson nhw Arwel yn gweiddi, dyna ryddhad. Chwarae jôc arno fe oedden nhw gyda synau'r sombis. 'Gwych!' meddai Martin. 'Roedd dy ymateb di'n . . .'

Edrychodd Arwel ar y ddau ohonyn nhw'n chwerthin.

'Sori, byt,' meddai Martin. 'Ond roeddet ti *mor* ddoniol!'

'Do'dd hi ddim yn neis iawn yn y goedwig 'na ar 'y mhen 'yn hunan! Ond dwi'n siŵr fod rhwbeth rhyfedd iawn i gael lan yn y goedwig 'na. Dwi'n credu bod 'na ysbrydion lan 'na,' meddai Arwel.

'Oes, oes! Fi a Martin,' meddai Gruff. 'Dere nawr, Arwel. Mae'n *rhaid* i ti sorto'r pen 'na mas – paratoi dy hun yn feddyliol. *Paratoi dy feddwl cyn chwarae'r gêm.'*

Cododd Arwel ei ysgwyddau a lledwenu. Doedd e ddim yn hoffi cael ei dwyllo. Doedd e ddim yn hoffi meddwl bod Gruff a Martin wedi bod yn gwneud sbort am ei ben wrth guddio i mewn yn y biniau olwyn. Ond sylweddolodd mai dyna oedd y peth amlwg i'w wneud; byddai unrhyw un arall wedi gwneud yr un peth hefyd. Y peth pwysicaf nawr oedd eu bod nhw wedi llwyddo. Roedden nhw wedi dwyn y biniau olwyn. Doedd dim llawer o bobl a fedrai ddweud hynny.

Unig broblem Arwel nawr oedd y gêm. Dyna pam y gofynnodd i Gruff ddod draw i'r parc yn hwyrach ymlaen i ymarfer ei gicio.

Pennod 4

Roedd ei dad yn y gegin pan gyrhaeddodd Arwel adref o'r ysgol. Roedd yn siarad ar ei ffôn symudol yn trafod cwrs penwythnos rywle yng nghefn gwlad gyda'r Bwdiaid. Aeth Arwel i chwilio am docyn o gaws yn yr oergell cyn casglu ei bêl rygbi. Gorffennodd ei dad y sgwrs yn gyflym, taflu'r ffôn i lawr a tharo Arwel ar ei fraich yn yr union fan roedd Gruff wedi ei wneud yn gynharach yn y dydd.

'Aw! Paid, Dad!' meddai Arwel, gan rwbio'i fraich boenus.

'Rhaid i ti fod yn fwy caled, 'machgen i, yn llawer mwy caled – Mr Tîm-Cynta'r-Ysgol!' Dechreuodd ei dad fownsio o gwmpas y gegin fel petai'n bocsio.

'Dad, dwi'n siŵr nad yw bocsio heb fenig yn draddodiad Bwdaidd!' cwynodd Arwel.

Parhaodd ei dad i fownsio o'i flaen gan daflu cyfres o ergydion cyflym i gyfeiriad ei frest. Dyna pryd y sylwodd Arwel fod ei dad yn gwisgo treinyrs a hen dracwisg.

'Dere 'mlan, boi, ni'n mynd mas,' meddai ei dad.

'I ble? Pam?' holodd Arwel.

'I ymarfer,' atebodd ei dad.

'Arhoswch funud,' meddai Arwel, 'pwy ddwedodd wrthoch chi 'mod i 'di cael 'y newis?'

'Huw o'r clwb,' meddai ei dad.

Edrychodd Arwel ar y llawr; roedd hyn yn ddifrifol.

Roedd pethau'n dechrau mynd mas o reolaeth yn barod. Dechreuodd amau bod y cyfan am droi'n hunllef, yn hytrach na breuddwyd yn dod yn wir. Huw oedd chwaraewr hynaf y clwb rygbi – ef hefyd oedd tad Dafydd Huw. Dafydd oedd y maswr gorau ym mlwyddyn Arwel. Roedden nhw eisoes yn siarad am Dafydd yng Nghaerdydd. Mae'n rhaid ei fod wedi tecstio'i dad i ddweud bod Arwel yn y tîm.

'Grêt, 'machgen i!' meddai Huw. 'Dere di lan i'r clwb y penwthnos 'ma ac fe ddylet ti gael cyfle i ymarfer 'da'r trydydd tîm.'

Cododd Arwel ei aeliau. Gwyddai y byddai holl ddiddordeb ei dad yn dibynnu ar sut y byddai'n chwarae yn y gêm ddydd Iau. Petai'n chwarae'n wael fyddai e ddim eisiau mynd lan i'r clwb rygbi i ymarfer gyda'r trydydd tîm. Byddai'n well ganddo fynd i 'fenthyg' biniau olwyn.

Yr hyn a drawodd Arwel am ei dad oedd y ffaith fod rygbi'n grefydd cyson iddo er bod ei ddiddordeb mewn crefyddau eraill yn newid yn weddol gyson. Felly, petai'n dechrau cael llond bol ar rywbeth fel cyw iâr kosher neu ymprydio adeg Ramadan, byddai'n troi at rywbeth newydd. Yr unig beth nad oedd yn newid fyth oedd rygbi. Ei dad oedd trysorydd y clwb lleol; roedd wedi chwarae iddyn nhw pan oedd yn ifanc; daeth yn gapten pan oedd yn hŷn; byddai'n helpu i beintio'r llinellau gwyn o gwmpas y cae; roedd wedi cerdded i Lundain i godi arian ar gyfer y clwb; aeth i'r llys i frwydro'n erbyn datblygwyr oedd eisiau adeiladu ar y tir cysegredig; byddai'n mwynhau peint yn y clwb bob penwythnos a byddai'n mynychu cyfarfodydd yno bron bob nos. Ef oedd Mr Rygbi Aberarswyd ac roedd Mr Rygbi'n bendant yn mynd i roi sylw i'r gêm hon.

Gallai Arwel ddychmygu'r olygfa nawr. Byddai ei dad wrth ystlys cae'r ysgol gyda'i ddau gyfaill, Benbow a Huw, yn cefnogi Arwel 'fel eirth gwallgof, gwyllt a gorffwyll'. Dywedodd Arwel y geiriau'n uchel. Doedd pethau ddim yn argoeli'n dda. Mwy na thebyg byddai ei dad yn gwahodd y radio leol a'r papur newydd i wneud eitem yno.

Felly, ceisiodd berswadio'i dad i beidio â mynd allan i ymarfer, ond mynnodd hwnnw fynd. Aeth y ddau ohonyn nhw draw i'r parc chwarae gyferbyn i gicio'r bêl o gwmpas y lle gyda Gruff. Ac fe gawson nhw dipyn o hwyl yn y diwedd. Dangosodd ei dad iddyn nhw sut oedd cicio'r bêl a'i throelli yr un pryd; aethon nhw ati i ymarfer trosi'r bêl a bu bron iddyn nhw golli'r bêl yn yr afon.

Yn dilyn hynny, aeth ei dad adre i fyfyrio. Penderfynodd Arwel a Gruff alw yn Spar cyn mynd lan i'r goedwig lle roedd y biniau olwyn o hyd. Tu fas i'r siop roedd yna arwydd. Roedd yr heddlu wedi cael eu hysbysu am y biniau sbwriel coll.

Yn y goedwig gyda Gruff, cafodd Arwel yr un teimlad â'r noson gynt. Roedd hi tua'r un amser, chwech o'r gloch, yn nosi a'r tywyllwch yn cofleidio'r byd. Roedd Arwel yn fwy siŵr o'i bethau nawr. Roedd yn teimlo'n oer a chredai'n bendant eu bod nhw'n cael eu gwylio. Mewn tawelwch, safai'r ddau ffrind yn y goedwig dywyll, laith, yn edrych ar siapiau crwn, rhyfedd y biniau.

'Ti'n gallu teimlo rhywbeth?' holodd Arwel.

'Beth?' holodd Gruff.

'Y gwynt 'na. Dyw e ddim yn naturiol. Dyw e ddim yn dod o unman,' meddai Arwel.

Safodd Gruff yn llonydd, gan geisio teimlo'r gwynt. Cwynai'r coed. 'Ti'n iawn, mae'n rhyfedd,' meddai, 'ond ddim yn wahanol i'r tro diwetha. Y goedwig sbŵci, arferol. Ma 'na gannoedd ohonyn nhw o gwmpas y wlad 'ma.'

Yna gwelodd Arwel rywbeth – rhyw siâp, ffurf person yn diflannu i'r tywyllwch lai na deng metr oddi wrtho. Gafaelodd Arwel yn Gruff. 'Edrych!' gwichiodd. ''Co fe'n mynd. Dere.'

A dyma nhw'n rhedeg ar ôl y siâp – yn ddyfnach i mewn i'r goedwig. 'Martin yw e, ontefe?' meddai Gruff. 'Mae'n byw lan 'ma. Mae'n codi ofn arnon ni!'

'Hei, Martin!' gwaeddodd Arwel. 'Paid whare dwli!'

Dyma nhw'n rhedeg yn ddyfnach i mewn i'r goedwig ar drywydd beth bynnag oedd yno. Roedden nhw fel petaen nhw'n dilyn heliwr, rhywun a wyddai y llwybrau fel cefn ei law – rhywun fel Martin.

Cododd Arwel ei law. Stopion nhw redeg a sefyll yn llonydd. Roedd eu hanadl yn boeth yn aer oer y nos ac yn dod allan o'u cegau fel stêm. Edrychon nhw o'u cwmpas. Ond roedd hi'n anodd gweld dim gan fod y coed yn ffurfio wal fawr bren, ddu o'u cwmpas.

Crynodd Arwel. 'Iawn, Martin, dere mas. Dyw hyn ddim yn jôc.' Ni allai weld fawr ddim. Rhythodd o'i flaen gan geisio adnabod y siapiau yn y gwyll. Ond roedd hi mor dywyll yno. Rywle uwch eu pennau roedd yna leuad arian ac ychydig sêr. Yna fe'i gwelodd. Yn glir fel y dydd. Am tua hanner eiliad. Daeth un gair i feddwl Arwel; gwaeddodd nerth esgyrn ei ben: 'RHED!'

Gafaelodd yn Gruff a'i wthio tuag yn ôl ar hyd y llwybr. Rhedodd y ddau nerth eu traed. Roedd Gruff yn holi, holi, 'Beth sy? Beth sy?' ond fedrai Arwel ddim siarad. Roedd gormod o ofn arno. Rhedodd. Roedd yr hyn roedd wedi ei weld yng nghanol y coed yn real, yn ddychrynllyd, yn hynod arswydus. Yn Aberarswyd o arswydus.

Rhedodd y bechgyn allan o'r goedwig ac i lawr ochr y mynydd i stryd Martin a dyrnu ar ddrws y tŷ. Julie, chwaer Martin ddaeth i ateb.

'Ble ma Martin?' plediodd Arwel.

'Yn 'i stafell,' atebodd Julie.

Gwthiodd Arwel a Gruff hi mas o'r ffordd a hyrddio'u ffordd i mewn i stafell Martin. Dyna lle roedd e'n gwylio *EastEnders*.

'Heia, fechgyn,' meddai, gan daflu creisionen brôn-coctel i'w geg.

Gafaelodd Gruff yn Martin a'i dynnu tuag ato.

Ysgydwodd ef â'i ddwylo. 'Wyt ti 'di bod yn codi ofn arnon ni?'

'Y? Am beth wyt ti'n sôn?'

Eisteddodd Gruff a meddwl am funud. Doedd dim syniad ganddo beth oedd Arwel wedi ei weld mewn gwirionedd. 'Sai'n gwbod,' meddai Gruff. 'Mae'r cyfan mor sbŵci. Fe welodd Arwel rwbeth…rhwbeth ofnadwy.'

'Drychwch,' meddai Martin yn bwyllog, 'mwy na thebyg mai dychmygu gweld rhwbeth wnaeth Arwel yn y goedwig…ar ôl i ni godi ofn arno y noson o'r blaen.'

Cytunodd Gruff gan nodio'i ben yn araf. Edrychai'n welw ac yn ansicr â'i lygaid brown yn llydan agored. Anadlai'n ddwfn. Cerddodd yn ôl ac ymlaen at y ffenest, gan sbecian drwy'r llenni ac edrych i weld oedden nhw wedi cael eu dilyn. 'Sai'n gwbod,' meddai. 'Ro'dd hi'n eitha dychrynllyd lan 'na. Dwi'n siŵr fod Arwel wedi gweld rhywbeth. Ond sai'n gwbod beth.'

'Cath mwy na thebyg,' meddai Martin, 'neu gadno.'

Ysgydwodd Arwel ei ben. Gwyddai'n union beth roedd e wedi'i weld. Edrychodd ar Gruff, yna ar Martin, cyn datgelu'r gwir. 'Sombi . . .'

Pennod 5

Y gêm rygbi oedd yr unig beth ar feddwl tad Arwel. Roedd wedi gwirioni ar yrfa newydd ei fab. Efallai mai dyma oedd y trobwynt – un diwrnod byddai Arwel yn chwarae i Aberarswyd ac yn cael gwisgo'r crys coch a du yr oedd e wedi ei wisgo flynyddoedd ynghynt. Nos Fercher, aeth ei dad ag Arwel i mewn i'w stafell fyfyrio, neu'r stafell wely sbâr, lle cadwai, ymhlith llu o bethau eraill, ei ddrymiau myfyrio. Set o ddrymiau cyffredin oedden nhw mewn gwirionedd, wedi eu benthyg oddi wrth Ned, un o gymeriadau'r clwb rygbi. Roedd Ned mewn band o'r enw Ned Zeppelin, a chan eu bod wedi dechrau dod ychydig bach yn fwy enwog, roedd Ned bellach wedi llwyddo i brynu drymiau mwy o faint.

Roedd y stafell wedi cael ei pheintio'n lliw brown golau. Ynddi roedd yna garped meddal, brown; clustogau llawr mawr porffor o IKEA; clychau bach a chanhwyllau, a Bwda bach efydd yn eistedd yn groesgoes ger y drwm bas. Eisteddodd Arwel ar un o'r clustogau tra gwthiodd ei dad ei hun tu ôl i'r drymiau, taro pedal y drwm bas â'i droed fawr a gwthio'i wallt cyrliog du o'i wyneb. Wrth iddo ddrymio, gwaeddai ar Arwel i feddwl am bethau da allai ddigwydd ar y cae rygbi. Triodd yntau ei orau i wneud hynny. Meddyliodd am fynd heibio i chwaraewyr, cicio'r bêl filltiroedd i lawr y cae ac am lithro dros y llinell gais. Am tua deng munud gwnaeth ei dad yr un peth a meddiannwyd y ddau gan sŵn y curiadau ailadroddus a meddyliau am chwarae rygbi gwych.

'Dwi yn Stadiwm y Mileniwm,' meddai ei dad, a'i lygaid duon yn fflachio fel olifau ar bitsa. 'Dwi ar lwyfan yn dal tlws enfawr yn fy llaw . . . ac rwyt ti yno, 'machgen i, yn dy git rygbi, a'r tîm cyfan o dy gwmpas di. Ma'r dorf yn mynd yn wallgo. Ma nhw'n canu. Fi yw hyfforddwr y tîm gorau fu erioed. Ni 'di ennill cystadleuaeth bwysig!'

Roedd Arwel yn mwynhau'r gêm hon. Roedd yn dipyn haws na chwarae rygbi go iawn. Daliai ei dad i daro'r drwm â'i droed.

'Iawn, ni yn Seland Newydd . . . dwi ar yr asgell . . . ac ma'r bêl 'da fi. Dwi'n llithro heibio i dacl enfawr fel tasen i ar fwrdd syrffio.'

Chwarddodd Dad. 'Gwych, bachan,' gwaeddodd. 'Dwi 'da ti.'

Ar ôl tua hanner awr, dyma'i dad yn cyhoeddi bod hynny'n ddigon: y cyfan oedd yn rhaid iddyn nhw'i wneud yn awr oedd trosglwyddo'r profiad positif hwn i fywyd go iawn. Gwyddai Arwel na fyddai hynny'n hawdd oherwydd, er ei fod wedi gweld llawer o luniau da yn ei feddwl, roedd yna un ddelwedd yn dod 'nôl ato dro ar ôl tro. Un llun gwael na fedrai gael ei wared. Y llun ohono ef a Gruff yn rhedeg o'r goedwig am eu bywydau. Gwyddai nad oedd hyn yn iawn, ond pan holai ei hunan beth oedd fwyaf real: curo'r Crysau Duon neu gael eich erlid gan sombis, deuai i'r un canlyniad bob tro – y sombis.

Pennod 6

Roedd hi'n fore dydd Iau. Amser brecwast. Roedd Arwel yn bwyta tost a marmalêd a'i dad yn gwneud mwy o dost. Roedd ei chwaer yn sythu'i gwallt golau ac roedd ei fam yn chwilio am gebl ei gliniadur. Edrychai Arwel yn flinedig.

'Ti'n edrych wedi blino,' meddai Mam.

'Achos 'mod i,' atebodd Arwel.

'Beth sy'n bod arnat ti – ffaelu cysgu'n iawn?' holodd ei dad. '*Rhaid* i ti gysgu, fachgen. Rhaid i *bawb* gysgu cyn gêm.'

'Ma'n rhaid 'i fod e'n nerfus,' meddai Tania'n hunanfodlon, gan syllu ar Arwel fel petai'n awgrymu nad oedd fawr o siâp arno fel chwaraewr rygbi.

'Dwi'n ame hynny'n fawr,' meddai Dad. 'Beth wnes i ddysgu i ti neithiwr, Arwel?'

'Technege ymlacio, drwy ddefnyddio'r drwm heddwch,' meddai Arwel.

'Da iawn ti,' meddai Dad.

'O diar,' meddai ei fam, 'paid â gwrando ar y nonsens 'na i gyd, Arwel bach: bydd rhwbeth arall 'di mynd â sylw dy dad erbyn yr wthnos nesa.'

Edrychodd mam Arwel ar ei dad fel petai'n wallgof. Rhoddodd ei braich o gwmpas ei mab. 'Paid becso dim am y gêm,' meddai. 'Ond ti *yn* edrych yn flinedig.'

'Ofn sydd arno fe,' meddai Tania.

Rhyddhaodd Arwel ei hun o afael ei fam, codi ei

git rygbi o lawr y cyntedd a rhedeg allan i gyfeiriad yr ysgol. Fedrai e ddim dweud y gwir wrthyn nhw. Wrth gwrs ei fod yn poeni am y gêm; roedd eisiau gwneud ei orau. Ond roedd rhywbeth llawer mwy brawychus ar ei feddwl. Fedrai e ddim cysgu oherwydd y sombi. Byddai'n gorwedd yn ei wely bob nos, yn meddwl am y siâp hwnnw yn y goedwig. Roedd wedi gweld ei wyneb; efallai nad wyneb mohono, dim ond rhywbeth gwyn gyda thyllau fel llygaid.

Roedd Arwel hefyd wedi bod yn meddwl am Gruff. Doedd hwnnw ddim wedi gweld y siâp, ond roedd wedi teimlo rhywbeth. Roedd Martin hyd yn oed wedi cytuno y gallai fod yn bosib i sombi fod yn y goedwig y tu ôl i'r tŷ, er y teimlai ei bod yn rhyfedd nad oedd yntau wedi sylwi arno yn y gorffennol. Wrth iddo frysio i'r ysgol ceisiodd Arwel ganolbwyntio'i feddwl ar rygbi. Ceisiodd gofio am ddrymio'i dad y noson gynt a'r breuddwydion am sgorio ceisiau. Ond dychwelai hunllef y goedwig ato dro ar ôl tro. Gwibiai ei feddyliau i bobman. Roedd ei dad wedi'i annog i ganolbwyntio, a bod yn dawel ei feddwl. Gwyddai na fedrai wneud y naill beth na'r llall. Wyddai e ddim beth i ganolbwyntio arno fwyaf: y rygbi neu'r sombis.

Roedd y diwrnod wedi llusgo. Roedd Arwel wedi gweld Gruff a Martin amser egwyl a chinio ac roedden nhw wedi bod yn trafod y sombi. Roedd Martin eisiau defnyddio'r bin olwynion i adeiladu trap sombis. Ond doedd Gruff ddim yn siŵr am hynny. Chwerthin am ei ben wnaeth Martin. Roedd e eisiau tystiolaeth. Felly, hanner cytunodd Gruff i'r cynllun.

Am hanner awr wedi un roedd yn rhaid i Arwel fynd i'r stafelloedd newid i ymuno â'r tim. Roedd bechgyn ei flwyddyn i gyd yno. Roedden nhw'n swnllyd a brwdfrydig. Ond roedd Arwel, ar y llaw arall, yn methu canolbwyntio o gwbwl.

Daeth y capten, Jac Wilson, draw ato. 'Heia, Arwel! Fyddi di'n iawn. Os o's unrhyw un yn rhoi trwbwl i ti, gwed wrtha i a'r bois ac fe wnewn ni sorto nhw mas.'

'Diolch,' meddai Arwel, gan wisgo crys rygbi Ysgol Gyfun Aberarswyd – yr un lliwiau coch a du ag a wisgai'r clwb lleol.

Clymodd ei sgidiau newydd sgleiniog a cherdded yn swnllyd allan o'r stafell newid gyda'r bechgyn eraill, â'i stydiau'n pingio ar y concrid tu allan cyn suddo i mewn i borfa fwdlyd y cae.

Daeth Mr Edwards, yr athro chwaraeon, i'r golwg o rywle yn ei dracwisg a'i gap bach gwyrdd â bobyl arno. Chwythodd ei chwiban ac ymgasglodd y bechgyn yn un cylch mawr o'i gwmpas. 'Da fechgyn, ardderchog, da iawn,' meddai'n frwdfrydig, gan gau ei ddwrn.

Edrychodd Arwel o'i gwmpas. Doedden nhw ddim wedi gwneud dim eto ac roedd Mr Edwards yn eu canmol yn barod. 'Brwdfrydedd, fechgyn, brwdfrydedd. Ymroddiad cant a deg y cant – dyna'r ateb.'

Syllodd ar Arwel. 'Da dy weld di, Arwel. Ti sy ar yr asgell. Dangosa'r lle tu fas i ti iddyn nhw, ac yna'u bwrw nhw. Fe wnei di'n dda,' meddai. 'Ro'dd dy dad yn dda am wneud 'na. Do'dd e byth yn methu tacl.'

Ceisiodd Arwel edrych yn frwdfrydig wrth i Mr Edwards siarad am gryfderau a gwendidau tîm Ponti.

Edrychodd Gruff o'i gwmpas mewn diflastod, gan fod Mr Edwards yn tueddu i ddweud yr un peth bob tro. Gwyddai'n iawn beth oedd yn dod nesaf. Anadlodd yr athro chwaraeon yn ddwfn gan edrych i fyny i'r awyr fel petai'n chwilio am ysbrydoliaeth. Pan ddaeth, siaradodd unwaith eto. 'Gêm yw hon. Mae yna ddau dîm a gallwch chi ei hennill hi,' gwaeddodd. 'Nawr, ymarfer. Lawr ar eich dwylo. Ac i fyny, un … dau … tri …'

Taflodd y bechgyn eu hunain ar y llawr a dechrau gwneud yr ymarferiadau ac ochneidio yr un pryd.

'Dewch, dewch 'mlan!' gwaeddodd Mr Edwards.

Wrth i Arwel wneud yr ymarferiadau cofiodd am y drymio. Am y tro cyntaf mewn dau ddiwrnod, llwyddodd i wthio'r sombi i gefn ei feddwl. Roedd e'n mynd i chwarae dros yr ysgol; roedd wedi cael ei ddewis; dyma rygbi go iawn. Meddyliodd sut y byddai'n hyrddio drwy'r llinell, yn taflu'r bêl i Gruff, cyn rhedeg y tu fas iddo, yn derbyn pàs ac yn sgorio dan y pyst. Roedd honno'n mynd i fod yn eiliad fythgofiadwy.

Roedd y cae ychydig bellter o brif adeilad yr ysgol, rhwng y cyrtiau pêl-rwyd a'r warchodfa natur. Erbyn iddyn nhw gyrraedd, roedd chwaraewyr Ponti'n cynhesu ar yr ystlys. Ar y llinell hanner roedd yna dorf fechan wedi ymgasglu, yn rhieni a ffrindiau. Roedd ei dad yno, ynghyd â Steve a Tania a Benbow, cyfaill ei dad, a oedd yn cuddio'n ddwfn tu fewn i'w anorac. Drws nesaf iddo safai Huw, tad Dafydd, a hanner y tîm pêl-rwyd a oedd newydd ennill ei gêm yn erbyn yr un ysgol.

Rhedodd Gruff draw at Arwel a'i fwrw yn ei fraich. 'Dan y pyst, Arwel. Ma 'da fi deimlad da am hon,' meddai.

'Reit!' meddai Arwel.

Gêm gartref oedd hi, felly Mr Edwards oedd y dyfarnwr. Collodd y tim cartref dafliad y geiniog, felly aeth pawb i'w safleoedd ar y cae. Ar yr asgell chwith, safai Arwel yn agos i'w dad, Tania, Steve a'r chwaraewyr pêl-rwyd.

'Dere 'mlan, Arwel,' gwaeddodd ei dad.

Edrychodd Arwel ar y merched pêl-rwyd. Roedd eu coesau'n binc ac yn oer. Gwaeddodd un ohonyn nhw, merch o'r enw Beth Francis, 'Dere 'mlan, Arwel!' Roedd hynny'n dipyn o sioc gan nad oedd Arwel yn meddwl ei bod hi'n gwybod pwy oedd e.

Edrychai Steve yn cŵl. Cofleidiai Tania, a oedd yn edrych yn ddiflas. Edrychai Dad yn oer yn ei drowsus tracwisg a'i siwmper Aberarswyd goch a du.

Dechreuodd y gêm. Aeth y bêl at y blaenwyr a dyma bethau'n dechrau llifo. Erbyn yr egwyl roedd hi'n amlwg ei bod hi'n mynd i fod yn gêm uchel ei sgôr. Cafodd Arwel y bêl ddwywaith, ond methodd â gwneud llawer â hi. Wnaeth e ddim gollwng y bêl ac fe wnaeth ddwy dacl dda. A dweud y gwir, roedd hi'n gêm gyflym. Roedd y cefnogwyr yn dal yn frwdfrydig ac roedd Steve wedi bod yn gweiddi'i gefnogaeth dros y tîm, gan wneud i bawb deimlo'n arbennig. Dim ond ddwywaith y cafodd Gruff ei rybuddio am ymladd ac roedd gweddill y pac yn blino'r gwrthwynebwyr yn raddol.

Ar yr egwyl dyma'r tîm yn ffurfio cylch mawr o gwmpas Mr Edwards er mwyn cael sgwrs. Roedd e'n hynod frwdfrydig: 'Da iawn, fechgyn! Ymroddiad arbennig, cant a deg y cant – gwych! Ond d'yn ni ddim yn torri drwodd. Dwi isie trio symudiad. Arwel, dwi isie i ti ddod mewn oddi ar yr asgell, cymryd y bêl wrth Dafydd, creu'r dyn ychwanegol, tynnu'r dacl a'i rhoi hi i Gilligan, a fydd yn torri mewn i'r llinell o safle'r cefnwr am gais'.

Nodiodd Arwel. Edrychodd Gilligan ar Arwel. Roedd ganddo lygaid glas clir, gwallt brown cwta ac wyneb fel taran. 'Oes rhaid i ni'i ddefnyddio *fe*?' gofynnodd gan amneidio ar Arwel.

Gwyddai Arwel nad oedd Gilligan yn ei hoffi. Doedd ganddo yntau chwaith fawr o olwg ar Gilligan. Syllodd Gilligan yn feirniadol arno â'i lygaid glas, oer.

Ni hoffai Mr Edwards gael ei holi gan y disgyblion. 'Ma Arwel yn chwaraewr newydd . . . felly, s'neb yn gwbod amdano. Ma bechgyn Ponti'n marcio pawb yn ofalus ond d'yn nhw ddim yn marcio Arwel. Ma fe'n chwaraewr da; gall e dy roi di drwodd am gais. Nawr cau dy geg, Gilligan, neu fydda i'n dy dynnu di o'r cae. Ydy pawb yn deall y symudiad?' gofynnodd, a'i wyneb yn llawn brwdfrydedd.

Deallai Arwel y symudiad yn iawn, ond doedd ganddo ddim syniad pryd oedd y cyfan i fod i ddigwydd. Ond aeth Mr Edwards yn ei flaen. 'Galw di, Dafydd,' meddai. Roedd Dafydd Huw yn galed ond nodiodd yn dawedog.

'Beth yw'r alwad?' gofynnodd Gruff, gan sychu'r mwd allan o'i wallt.

'Bananas,' meddai Mr Edwards.

Siaradodd Rhys, y clo. 'All e ddim bod yn "bananas": dyna beth y'n ni'n defnyddio ar gyfer y llinell fer,' meddai.

Meddyliodd Mr Edwards am eiliad. Roedd Rhys yn iawn – roedd "bananas" wedi cael ei ddefnyddio'n barod. Roedd angen gair arall arno. 'Ardderchog, Rhys, meddwl ar dy draed. Ti gant a deg y cant yn gywir. Ac yn amlwg yn ymroi gant a deg y cant. Fedrwn ni ddim gweud "bananas". Dewch â gair arall 'te, unrhyw un, glou!'

'Sosejys,' meddai Connor, y mewnwr, gan ddawnsio'n nerfus o un troed i'r llall; roedd yn fachgen bach tenau â brychni haul a gwallt hir. Roedd hefyd yn anhygoel o gyflym.

Gruff siaradodd gyntaf. 'Ma "sosejys" braidd yn anodd i'w ddweud.'

'Ddim anoddach na "bananas"!' meddai Dafydd.

'Ma eisie gair byr arnon ni,' meddai Jac Wilson, y capten. 'Beth am weiddi 'Arwel'?'

'Ond fyddan nhw gwbod mai fi yw hwnnw?' eglurodd Arwel.

'D'yn nhw ddim yn dy nabod ti 'chan,' meddai Mr Edwards. 'Dyma dy gêm gynta di. Ma nhw'n nabod pawb arall. D'yn nhw ddim yn gwbod pwy wyt ti. Felly, bydd dweud "Arwel" yn gweithio'n iawn. Syniad ardderchog, Jac; fyddan nhw *byth* yn dishgwl 'na.'

Nodiodd Arwel. Credai fod hyn yn rhesymol, heblaw am un broblem fach. Os oedd bechgyn Ponti'n digwydd gwybod pwy oedd e, yna fyddai'r gair ddim yn gyfrinachol o gwbl. Gallai wedyn ymddangos fel gorchymyn i'w daclo, 'Taclwch Arwel!'

Ond roedd Mr Edwards wedi cael ei argyhoeddi. 'Cant dau ddeg pump y cant o ddychymyg byw, Jac,' broliodd. 'Dewch, fechgyn. Ni 'di neud y gwaith caled; nawr dewch i ni gael y pwyntie.'

Dechreuodd yr ail hanner a dilynodd Arwel y gêm o'r asgell. Cadwodd i'w safle. Daliodd bob cic a ddaeth i'w gyfeiriad. Cwympodd yn ôl i gefnogi'r cefnwr pan oedd angen a daeth ymlaen i roi pwysau ar fechgyn Ponti pan oedd y bêl ganddyn nhw. Pan giciodd Arwel y bêl, cyrhaeddodd yr ystlys. Llwyddodd i daclo'i wrthwynebydd bob tro a chwarae'n ddiogel a chadarn pan gâi'r bêl. Torrodd i mewn, ac edrych am gymorth pan fyddai angen, a gwneud y gwaith caled o gadw'r bêl yn fyw. Roedd Arwel yn mwynhau ei hun. Roedd ei dad yn gweiddi ar dop ei lais, ac roedd hefyd yn llwyddo i greu argraff ar Steve a Beth o'r tim pêl-rwyd a oedd yno o hyd yn ei gefnogi. Roedd Arwel hyd yn oed wedi gwenu arni. Roedd y gêm fel breuddwyd. Rywfodd, roedd y drymio a wnaeth gyda'i dad yn gweithio. Roedd wedi gwneud iddo deimlo'n dda, a chan ei fod yn teimlo'n dda, roedd yn chwarae'n dda. Ond doedd y tîm ddim wedi llwyddo i sgorio.

Yna, ryw chwarter awr o'r diwedd, yn dilyn sgrym tu fas i linell ddwy ar hugain Ponti, clywodd Arwel waedd 'Arwel'.

Ond y broblem oedd, doedd neb yn gwybod yn iawn pwy oedd wedi gweiddi. Ai ei dad neu Steve ar yr ystlys? Neu ai Jac, y capten? Neu beth os mai rhywun arall ar y cae wnaeth? Doedd Arwel ddim yn siŵr ai 'Dere 'mlan, Jac,' oedd e wedi'i glywed, neu ai'r gair unigol a olygai fod y symudiad ar droed.

Am eiliad rhewodd Arwel wrth wylio'r sgrym. Aeth y ddau bac at ei gilydd wrth i'r golau ddechrau pylu ar ddiwedd y prynhawn. Safai Mr Edwards gerllaw'r ddau fewnwr. Roedd y bêl ar fin cael ei bwydo i mewn i'r sgrym. Gan fod Arwel ar yr asgell roedd yn rhy bell i fedru gofyn i unrhyw un oedd yr alwad wedi cael ei rhoi neu beidio. Ond gwyddai ei fod wedi clywed ei enw. Teimlai'n ddryslyd. Ceisiodd bwyso a mesur y sefyllfa, ond doedd dim llawer o amser i feddwl. Gwyddai Arwel fod y gêm ar fin dod i ben. Os oedden nhw'n mynd i wneud y symudiad, roedd yn rhaid gwneud hynny nawr. Gwelai eu bod yn ddigon agos at linell gais Ponti. Oedodd wrth ystyried y sefyllfa. A oedd y symudiad wedi cael ei alw? O! Roedd yn rhaid iddo wneud penderfyniad: rhedeg i ganol y cae, cymryd y bêl oddi wrth Dafydd a phas i Gilligan, neu sefyll lle roedd a chwarae'n saff. Allai e ddim gofyn i neb oherwydd byddai hynny'n difetha'r elfen annisgwyl.

Edrychodd Arwel ar Gilligan y tu ôl iddo. Gwenodd hwnnw arno fel petai'n gwybod bod rhywbeth o'i le. Roedd Arwel ar ei ben ei hun. Wrth i Connor ollwng y bêl i mewn i'r sgrym gwnaeth Arwel ei benderfyniad. Penderfynodd fentro – mwy na thebyg mai hon oedd yr alwad. Dyma'r symudiad. Rhedodd oddi ar ei asgell tuag at ei ganolwyr ei hun ar ochr arall y cae. Ond daeth y bêl mas ar ochr Ponti. Er bod bechgyn Ponti'n flinedig, doedden nhw ddim yn dwp. Roedd eu mewnwr wedi gweld Arwel yn rhedeg tuag at ochr arall y cae. Sgubodd y bêl mas at eu hasgellwr nhw. Doedd neb yno i'w rwystro gan fod Arwel wedi rhedeg mor gyflym ag y gallai i ochr arall y cae.

Gydag Arwel filltiroedd o'i safle, roedd yr holl dîm a bron pawb ar yr ystlys yn gweiddi arno. Sylweddolodd yntau, yn llawer rhy hwyr, fod y cyfan wedi mynd yn ffradach. Sgoriodd bechgyn Ponti. Roedd y sefyllfa'n drychineb. Nid dyna oedd y symudiad na'r alwad wedi'r cyfan.

Safodd bechgyn tîm Aberarswyd o dan y pyst wrth i faswr Ponti baratoi i drosi'r cais. Ddwedodd neb ddim byd. Cwynodd Arwel dan ei wynt fod yr alwad yn un ddwl; gwyddai fod defnyddio'r enw 'Arwel' yn beth hurt. A gwir y gair. Ond doedd hynny ddim yn helpu. Allai e ddim gwadu mai fe oedd yn gyfrifol am ildio'r cais a oedd yn mynd i ennill y gêm. Rhoddodd Jac Wilson ei law ar ei ysgwydd. 'Nid dy fai di oedd e,' meddai.

Plygodd Arwel ei ben wrth i Gilligan hyrddio heibio. 'Dy fai di oedd e,' hisiodd.

Roedd y deng munud olaf yn ofnadwy i Arwel ar yr asgell. Aeth y cefnogwyr yn dawel, diflannodd y merched pêl-rwyd, a dim ond ei dad oedd yno'n gweiddi ei gefnogaeth – er nad oedd fawr o bwrpas iddo wneud hynny.

Sgoriodd bechgyn Ponti unwaith eto. Dechreuodd Gruff ymladd ac anfonwyd ef oddi ar y cae gan Mr Edwards. Roedd y cyfan yn wastraff amser. Gwyddai Arwel ei fod wedi colli cyfle; fydden nhw ddim yn gofyn iddo chwarae eto. Roedden nhw wedi colli ac ef oedd ar fai. Yn benisel a thawel aeth pawb 'nôl i'r stafelloedd newid. Daeth Mr Edwards i'w gweld cyn iddyn nhw fynd mewn i'r gawod. Edrychai ei wyneb crwn yn boenus.

'Da iawn, fechgyn,' meddai yn ei ffordd egnïol a braidd yn hurt. 'Rhoioch chi gant a deg y cant...ond do'dd e ddim yn ddigon.'

'Bydden ni wedi ennill oni bai am yr Arwel 'na,' meddai Gilligan.

Ac yna dechreuodd pethau fynd o chwith. Gwaeddodd Gilligan ar Arwel. Gwaeddodd Arwel ei fod yn gwybod o'r dechrau bod yr alwad yn un ddwl; rhoddodd Gruff ergyd i Gilligan; peniodd Jac Wilson ddrws ei gwpwrdd dillad mewn rhwystredigaeth. Yn y diwedd bu rhaid i rywun ddal Gilligan yn ôl er mwyn ei rwystro rhag ymosod ar Arwel.

Pan oedd pawb wedi tawelu o'r diwedd, dywedodd Mr Edwards wrthyn nhw am fynd i gael cawod a mynd adref. Ddwedodd neb arall yr un gair.

Wedi cyrraedd adref, doedd pethau ddim llawer gwell. Roedd tad Arwel i fyny'r grisiau, ar ei ddrymiau Bwdaidd. Y cyfan y gallai Arwel ei glywed oedd y sŵn taro ailadroddllyd. Roedd ei fam ar ei gliniadur ac aeth Tania a Steve mas. Aeth Arwel mas hefyd. Doedd e ddim eisiau gweld Gruff na Martin, felly aeth e ddim draw i Spar. Dilynodd y llwybr o gwmpas y parc chwarae ac i fyny i gyfeiriad y mynydd. Ar y ffordd yno, pasiodd car. Stopiodd hwnnw ac agorodd y ffenest. Gwyliodd Arwel ben yn ymddangos allan o'r car ac yna wyneb Beth o'r tim pêl-rwyd – oedd ar ei ffordd i rywle gyda'i thad.

'Hei, Arwel, paid â phoeni am heddi. Ro'n i'n meddwl dy fod wedi chware'n dda iawn. Nid dy fai di o'dd e,' gwenodd. 'Weles i be ddigwyddodd.'

Gwenodd Arwel. 'Diolch,' meddai. 'Ond 'y mai i o'dd e. Ddylen i fod wedi mynnu'u bod nhw'n cadw at y gair "bananas".'

Ar hynny, caeodd y ffenest a diflanodd y car i lawr yr heol.

*

45

Heb feddwl, cyrhaeddodd Arwel y goedwig. Heb feddwl, cerddodd yn syth i mewn. Heb feddwl, cerddodd i ddyfnderoedd y coed. Aeth heibio'r biniau olwyn. Aeth ymlaen ymhellach i'r goedwig ac eisteddodd ar lawr ar yr union fan y gwelodd y sombi, neu lle y credai yr oedd wedi gweld y sombi.

'Pathetig,' meddyliodd Arwel. Blynyddoedd o ymdrech i chwarae rygbi ac roedd ei yrfa wedi gorffen oherwydd iddo gamglywed galwad hurt. Fyddai yna ddim troi 'nôl nawr. Roedd ei yrfa rygbi drosodd. Gwyliwr yn unig fyddai o hyn ymlaen, a fyddai byth yn cael cyfle i chwarae i'r clwb. Fyddai byth yn chwarae i'w sir. Fyddai byth yn chwarae dros Gymru. Fyddai byth yn cael llun arall ar y silff ben tân.

Yn raddol aeth hi'n dywyll ac oer. Ond y tro hwn, doedd Arwel ddim yn ofnus. Wedi'r cwbwl, allai dim fod yn waeth na'r alwad a gamglywodd. Petai yna sombis yn y goedwig byddai'n dda ganddo gwrdd â nhw. Roedd eisiau i'r sombis ddod i'w nôl. Roedd eisiau ymladd yn eu herbyn. Byddai hynny'n dangos i bawb. Byddai'n lladd y sombis a bydden nhw'n ei ladd e. Clywodd glec brigyn yn torri gerllaw a chamodd cysgod allan o'r gwyll.

All dim eich paratoi chi ar gyfer y sioc o weld sombi. Yn sydyn collodd Arwel bob teimlad yn ei gorff. Trodd ei wyneb yn welw. Rhewodd ei ddwylo a dechreuodd grynu. O'i flaen safai rhywbeth hanner marw.

Porffor oedd lliw coesau'r creadur, ac roedd esgyrn

i'w gweld drwy'i groen, a madarch yn tyfu ar goler ei grys rygbi oedd wedi colli ei liw. Roedd ei wddf yn gymysgedd o asgwrn cefn, cyhyrau a gewynnau, a symudai'i lygaid fel peli snwcer yn sefyll uwchben dibyn y pocedi. Tyfai ei wallt mewn twmpathau bach blêr dros yr unig glust oedd ganddo. Gwthiai ewinedd llwyd, hir a thraed esgyrnog allan drwy'r pâr o hen sgidiau rygbi a wisgai. Roedd yn arogli'n rhyfedd hefyd – yn gyfuniad o gaws llyffant a saim sglodion.

Ceisiodd Arwel godi i'w amddiffyn ei hun; wedi'r cyfan doedd e ddim eisiau marw. Roedd ganddo lawer i'w brofi. Iawn, roedd wedi camglywed yr alwad, ond mae pethau gwaeth yn digwydd. Ond allai e ddim symud. Roedd ei goesau wedi'u parlysu. Ac roedd y gwynt oer yna'n chwythu drwyddo unwaith eto. Teimlai fel petai'i gnawd yn cael ei rwygo oddi ar ei esgyrn.

Syllodd Arwel ar y sombi. Prin y medrai weld plu Tywysog Cymru ar y cerpyn coch o grys a hongiai oddi ar ei frest esgyrnog. 'O na!' sibrydodd Arwel. 'Sombi rygbi!' Y math gwaethaf posib. Un oedd wedi cael ei ddal am byth ar y bont rhwng yr amser ychwanegol ar ddiwedd gêm a'r chwiban olaf.

'Pam ddest ti 'nôl?' gofynnodd y sombi. 'Roeddet ti'n gwbod 'mod i 'ma.'

Doedd Arwel ddim yn gallu ateb yn iawn. 'Ro'n i isie'ch gweld chi,' meddai.

Daeth y sombi'n agosach. 'Sneb erioed wedi

dweud hynny wrtha i o'r blaen,' meddai. Sythodd ei hun gan godi ei fraich. Cwympodd darnau ohoni i'r llawr. 'Sneb erioed wedi dweud hynny wrthon...ni,' ychwanegodd.

Edrychodd Arwel o'i gwmpas. Roedd pethau'n gwaethygu'n gyflym. Yn sydyn, ymddangosodd sombis rygbi o bob man, gan lusgo'u cyrff drewllyd, di-siâp drwy'r coed pin gan amgylchynu Arwel yn llwyr. Roedden nhw i gyd yn gwisgo'r un cit, sef hen grysau hynafol tîm rygbi Cymru, a'r rhifau ar y cefn yn plicio o'r defnydd fel crach ar groen. Boddwyd y sombis gan ryw olau arian a ddisgleiriai'n wyn o'u cwmpas ac a ymddangosai fel petai'n dod allan o'u cyrff: yn llachar ond yn oer fel eira.

'Ti yw'r person cynta erioed i ddod ar ein traws ac wedyn dod yn ôl am ail olwg,' meddai'r sombi a ymddangosai fel yr arweinydd i Arwel.

Edrychodd y gweddill arno. Sylwodd Arwel nad oedden nhw'n edrych yn rhy gas.

O'r hyn a oedd yn weddill o'u llygaid, doedd dim casineb na dicter i'w gweld; roedden nhw'n edrych yn fwy fel cŵn. A'r rheini'n gŵn digon ofnus.

'Lladdwch e!' gwaeddodd sombi arall.

Newidiodd Arwel ei feddwl; roedden nhw'n hynod o fygythiol.

'Hy! Taro'n gyntaf, meddwl wedyn,' meddai'r arweinydd, gan roi hergwd i'r ail sombi. 'Cofia mai ti a dy ddiffyg disgyblaeth gollodd y gêm i ni!'

Camodd Rhif Dau yn ôl gan blygu ei ben.

'Wnawn ni ddim dy ladd di, Arwel,' meddai'r arweinydd, 'ddim 'to, ta beth. Ond os ddwedi di wrth unrhyw un beth welest ti 'ma heno…'

Dechreuodd y sombis eraill chwerthin. Roedd eu lleisiau nhw i'w clywed fel brigau'n hollti oddi ar y coed.

'Ein hunig bleser yw lladd pobl, Arwel,' aeth arweinydd y sombis yn ei flaen, a dechrau chwerthin nerth esgyrn ei ben.

Nodiodd Arwel, er na allai ddeall y jôc yn llwyr. Sut oedd y sombi'n gwybod ei enw?

'Arwel,' meddai'r sombi eto, gan estyn ei law, 'fe welon ni ti'n chwarae rygbi heddi. Ni'n deall shwt wyt ti'n teimlo.' Estynnodd ei law yn nes ato. Roedd yn amlwg ei fod am i Arwel ei hysgwyd.

'Shwt y'ch chi'n gwbod f'enw i?' bustachodd Arwel. 'Shwt weloch chi'r gêm?'

Edrychodd y sombi ar ei law hanner asgwrn, hanner cnawd. 'Ni'n cuddio yn y cysgodion; ni'n cropian drwy'r draeniau; ro'n ni'n gwbod bod yr alwad yn un wael.'

Edrychodd Arwel ar y llaw – yr hyn a oedd yn weddill ohoni. Roedd yn llwydlas ei lliw, ac edrychai'r croen fel cymysgedd cytew. Cododd ei law a'i symud yn araf tuag at law'r sombi. Caeodd ei lygaid a gafael ynddi. Teimlai'r llaw yn dipyn cryfach nag y disgwyliai ond yn oer a thamp, fel clai. Tynnodd Arwel ei law yn ôl, yn falch ei bod yn dal yn binc. Roedd llaw'r sombi yn dal ar ei fraich.

'Delme, y cefnwr, ydw i,' meddai. 'Rhaid i ti ddod 'nôl 'to i'n gweld ni.'

'Beth os na wna i?' gofynnodd Arwel.

'Sdim dewis 'da ti,' gwenodd Delme. Dechreuodd yr holl sombis biffian chwerthin. 'Dere 'nôl nos yfory,' meddai Delme. 'Ti yw'r unig berson sy wedi ymweld â ni, yr unig un all ein helpu. Ry'n ni wedi bod yn disgwyl amdanat ti...'

Dechreuodd y sombis lithro'n dawel 'nôl i'r goedwig un ar ôl y llall. Ymhen dim roedden nhw wedi diflannu gan adael dim ond tawelwch.

Cododd Arwel ar ei draed. Yn araf a digynnwrf cerddodd o'r goedwig. Doedd e ddim yn teimlo'n ofnus o gwbl.

Pennod 7

Drannoeth roedd yna deimlad rhyfedd yn yr ysgol. Roedd pawb yn chwerthin am gamgymeriad Arwel ar y cae rygbi, ond doedd dim ots ganddo am hynny. Y sombis rygbi oedd ar ei feddwl e. Ddwedodd e ddim gair wrth Gruff a Martin gan ei fod wedi addo peidio, a doedd e ddim yn siŵr beth wnâi'r sombis iddyn nhw. Efallai y bydden nhw'n eu lladd, neu o leiaf yn eu troi nhw'n sombis hefyd.

Yn hytrach na threulio amser gyda Gruff a Martin fel yr arferai wneud – roedden nhw'n cadw'u pellter, gan synhwyro bod angen amser arno ar ei ben ei hun – aeth Arwel i'r llyfrgell amser cinio. Doedd e erioed wedi ymweld â'r llyfrgell o'r blaen. Meddyliodd efallai iddo wneud rywdro, ond pan gerddodd i mewn sylweddolodd nad oedd hynny'n wir gan nad oedd e'n cofio dim am y lle. Droeon roedd yr athrawon wedi'u hannog i fynd i'r llyfrgell i ddefnyddio'r cyfrifiaduron ac i ddarllen. Ond doedd neb yn cymryd hynny o ddifri – yn sicr nid Arwel.

Yn groes i'r disgwyl, doedd y llyfrgell ddim mor wael â hynny. Yn gyntaf, roedd yn arogli o gyrri gan ei bod drws nesaf i gegin y ffreutur. Cyrri a sglods oedd yr unig fwyd da oedd i'w gael yn y ffreutur ym marn Arwel, a gallai arogli'r ddau yma. Roedd y llyfrgell yn gynnes hefyd, yn wahanol i'r tu fas, oedd yn oer a gwyntog er gwaethaf ymdrech haul gwan Tachwedd i gynhesu'r dydd. Roedd yn rhaid bod rhywbeth o'i le ar reiddiaduron y llyfrgell gan eu bod nhw'n gynnes fel tost.

Roedd yno ychydig silffoedd o lyfrau enfawr, gwyddoniaduron a geiriaduron, ar gyfer disgyblion peniog y chweched dosbarth. Roedd yna ychydig ddesgiau llai o faint lle'r eisteddai plant od yn darllen am bynciau od (cyfrifiaduron a phethau felly fel arfer, hyd y gwelai Arwel). Ac roedd yna ddau gyfrifiadur ar gyfer y rhai a oedd eisiau gwneud ychydig o waith ymchwil. Doedd neb yn eu defnyddio. Gerllaw'r cyfrifiaduron roedd ffeil 'Llyfr y Cyfrifiadur'. Dilynodd Arwel y cyfarwyddiadau ac yn y ffeil ysgrifennodd: 'Arwel Williams – 12.30 – ymchwilio i sombis.'

Yna trodd at y cyfrifiadur. Ni fedrai ddod o hyd i lawer o wybodaeth achos roedd y rhan fwyaf o'r gwefannau wedi cael eu blocio. O'r rhai y llwyddodd i gael mynediad iddyn nhw, roedd y rheini'n tueddu i groes-ddweud ei gilydd. Dywedai rhai fod sombis yn bobl fyw, ond yn hanner marw. Dywedai eraill eu bod yn bobl farw, ond yn hanner byw. Roedd rhai'n dweud eu bod nhw'n cael eu rheoli gan swynion fwdw o ynys yn y Caribî, neu'r Affrig, neu Dde America, hyd yn oed. Dywedai eraill mai cymeriadau mewn ffilmiau arswyd yn unig oedden nhw. Roedd Arwel eisoes wedi profi bod hynny'n anghywir. Gwyddai fod sombis yn bodoli yn y goedwig uwchben y dref. Ond doedd e ddim yn gwybod pam.

Porodd drwy dudalennau'r cyfrifiadur cyn gynted

ag y medrai, gan ddarllen yn gyflym. Doedd e ddim wedi sylwi bod rhywun yn agosáu tu ôl iddo. Torrodd llais ar draws ei feddyliau. 'Cwato fan hyn?' Beth oedd yno'n gwenu.

Sgrechiodd Arwel yn uchel. Roedd wedi bod yn meddwl am sombis. Chwarddodd y plant od arno. Doedd e ddim yn hoffi hynny.

Wrth i Arwel droi camodd Beth yn ôl, wedi cael ofn. 'Sori, Arwel. Beth sy'n bod?'

'Dwi'n dychryn yn rhwydd,' meddai.

'Ai meddwl am y gêm wyt ti? Weles i beth ddigwyddodd. Nid dy fai di o'dd e,' meddai hi eto.

Gwenodd Arwel arni a'i sicrhau ei fod e'n hollol iawn. Roedd yn hoffi Beth. Doedd e erioed wedi sgwrsio â hi'n iawn o'r blaen. Y rheswm am hynny, mae'n siwr, oedd na fyddai byth yn mynd i'r llyfrgell amser cinio. Byddai'n treulio'i amser gyda Gruff a Martin. Roedd Beth yn edrych yn oer iawn yn sefyll ar yr ystlys yn ystod y gêm. Nawr, yng nghrys chwys coch yr ysgol, edrychai'n dipyn cynhesach. Edrychai'n hŷn hefyd. Fel petai'n rheoli'r sefyllfa.

'Fi sy'n gyfrifol…' meddai hi.

'Beth? holodd Arwel.

'Am y llyfrgell, bob amser cinio dydd Gwener. Fi yw swyddog y llyfrgell. Dwi'n gneud yn siŵr nad oes neb yn dwyn pethe a bod llyfr y cyfrifiadur yn cael ei lenwi'n gywir. Bydd rhaid i ti newid hwn,' meddai gan bwyntio at gyfraniad Arwel. 'Rho "gwaith prosiect" neu rywbeth tebyg i lawr. Sdim hawl 'da ti i edrych am unrhyw beth ti isie. Ac yn sicr dim sombis.'

Edrychodd Arwel ar Beth. 'Pam lai?' gofynnodd.

'Am na fydd yr athrawon yn fodlon,' atebodd, gan groesi geiriau Arwel allan yn y ffeil ac ysgrifennu 'gwaith prosiect' yn ofalus dros y gair 'sombis'. Edrychodd Beth ar sgrin y cyfrifiadur a dechrau darllen.

Cuddiodd Arwel y dudalen roedd wedi bod yn ei hastudio'n gyflym.

'Edrych yn ddiddorol,' meddai Beth.

'Gwaith cartre. Ar gyfer celf,' mwmiodd Arwel yn betrus.

'A gweud y gwir, dwi wrth fy modd â sombis,' meddai Beth yn frwdfrydig.

Doedd Arwel ddim yn gwybod beth i'w ddweud. Roedd rhan ohono eisiau dweud rhywbeth fel, 'Fyddet ti ddim yn 'u caru nhw gymaint 'tase ti'n cwrdd â'r rhai dwi'n nabod. I ddechrau ma nhw'n drewi'n ofnadw.' Roedd rhan ohono eisiau dweud yn hyderus, 'O ie. A fi hefyd. Ma sombis yn wych!' Ac roedd rhan arall ohono eisiau dweud wrth Beth am ddiflannu a pheidio busnesa achos doedd e ddim mewn gwirionedd eisiau dim i'w wneud â rhywun oedd yn swyddog llyfrgell. Ond cofiodd yr addewid a wnaeth i'r sombis; roedd wedi addo peidio â dweud gair wrth neb amdanyn nhw. Felly ddwedodd e ddim. Daliodd i eistedd o flaen y sgrîn.

Ymhen ychydig, siaradodd Beth eto. 'Ffilmie

sombis dwi'n 'u hoffi. Ma 'da fi lawer o DVDs. Hoffet ti wylio un ohonyn nhw 'da fi?'

Teimlai Arwel fod y sgwrs yn dechrau mynd ar drywydd gwahanol. Nid bod ganddi fawr o gyfeiriad i ddechrau. Roedd Beth yn gofyn iddo ddod i wylio DVD. Doedd yna'r un ferch o'r ysgol wedi gofyn iddo wneud hynny o'r blaen, ac er ei bod hi'n swyddog llyfrgell, roedd e'n hoffi Beth. Roedd hyn yn beth da felly. Ond roedd hyn yn beth drwg hefyd, oherwydd byddai hi'n bendant eisiau gwybod mwy am ei ddiddordeb yntau mewn sombis.

'Dere draw ar ôl ysgol,' meddai.

Edrychodd Arwel o gwmpas y stafell. Prin y medrai siarad.

'Ocê,' llwyddodd i ddweud o'r diwedd.

*

Yn y wers ddaearyddiaeth y prynhawn hwnnw roedd pawb yn sôn yn ddiddiwedd am 'symudiad Arwel'. Pan ddigwyddai rhywun wneud rhywbeth yn anghywir bydden nhw'n dweud eu bod wedi 'gwneud Arwel', ond prin y sylwai Arwel ar hynny. Roedd ei feddwl ar dân: roedd Beth wedi gofyn iddo wylio ffilm sombis. Merch oedd hi. Roedd ganddi lygaid gwyrdd pert a gwallt ffasiynol. Roedd llawer o fechgyn ei flwyddyn yn ei ffansïo hi. Felly pam oedd ganddi hi ddiddordeb ynddo fe?

Yna gorymdeithiodd y sombis yn ôl i'w feddwl.

Roedd wedi addo y byddai'n dychwelyd i'r goedwig y noson honno.

Ar ddiwedd y dydd, ceisiodd Arwel osgoi Gruff a Martin, ond dyma nhw'n ei weld wrth giât yr ysgol ac yn rhedeg draw ato. Rhoddodd Gruff ergyd i Arwel ar ei fraich gan ddweud wrtho am beidio â phoeni am y gêm. Dywedodd Martin eu bod yn mynd i osod trap sombis arall yn y goedwig y noson honno.

'Na! Plîs peidiwch â neud hynny,' meddai Arwel yn anghysurus.

Chwarddodd Martin a dweud bod Arwel wedi colli'i hyder ar ôl y gêm. Aeth yn ei flaen i ddweud y byddai'n cymryd ychydig ddiwrnodau iddo ddod yn ôl ato'i hun. Yn y cyfamser, roedd e a Gruff yn mynd i ddefnyddio'r biniau olwyn i wneud gwell trap sombi.

Wrth iddyn nhw gerdded, gallai Arwel weld y troad am stryd Beth yn agosáu. Roedd yn gobeithio nad oedd Beth o gwmpas achos doedd e ddim eisiau i Martin a Gruff wybod ei fod yn mynd i'w thŷ.

'Dwi ddim yn meddwl fod trap sombis yn syniad da,' meddai'n ddifrifol.

'Pam lai?' holodd Martin.

'Achos…allech chi ddala un,' meddai Arwel.

'A-ha!' chwarddodd Martin. 'Ni 'di paratoi. Dangos iddo fe, Gruff.'

O'i fag, tynnodd Gruff ddwy bensel wedi'u clymu â darn o lastig ar ffurf croes, ac ewin garlleg roedden nhw wedi ei ddwyn o'r labordai coginio. (Doedd dim syniad gan Arwel pam roedd yr athrawon technoleg bwyd yn mynnu cyfeirio at eu ceginau fel labordai).

Stopiodd Arwel gerdded; roedd wedi cyrraedd stryd Beth. Stopiodd y lleill hefyd. Ceisiodd Arwel feddwl am rywbeth i'w ddweud, ond doedd dim angen iddo. Croesodd Beth yr heol tu ôl iddo, gan weiddi ar Arwel i ymuno â hi. Edrychodd Martin a Gruff ar ei gilydd yn syn cyn dechrau chwerthin a chwibanu a pharhau â'u taith tuag adre i adeiladu trapiau sombis.

Pennod 8

Roedd gan Beth dŷ braf. Roedd yn lân, yn daclus, yn gyfforddus ac yn normal. Roedd hi'n byw gyda'i mam. Doedd yno ddim peli rygbi, drymiau na gliniaduron.

Tra oedden nhw'n edrych ar ffilm reit frawychus o'r enw *Return from Zombie Island*, cynigiai Beth fisgedi i Arwel yn gyson, gan ddweud wrtho beth oedd yn mynd i ddigwydd. Gwyliodd Arwel y ffilm yn dawel. Oedd, roedd y ffilm yn frawychus – nid oherwydd ei bod yn codi ofn arno, ond am ei bod yn ei atgoffa o'r sombis go iawn.

'Dwi'n siŵr fod gan Arwel bethe gwell i'w gneud na gwylio sothach fel hyn!' meddai mam Beth wrth ddod â mwy o fisgedi iddyn nhw.

'Ti'n hoffi ffilmie arswyd, Arwel?'

Atebodd Beth drosto. 'Mae e wrth ei fodd 'da nhw,' meddai.

'Sai'n gwbod, a dweud y gwir,' meddai Arwel. 'Ma nhw'n iawn…ond ma'n well gen i rygbi.'

'Wel, ti yw mab Mr Rygbi, ontefe? Ma hynny i'w ddisgwyl,' chwarddodd mam Beth. Rhoddodd ei llaw ar ysgwydd Arwel gan gredu efallai y byddai'n medru ei chefnogi yn ei hymgyrch yn erbyn obsesiwn y ferch â ffilmiau arswyd.

'Ma'n rhaid i chi fod yn ofalus gyda sombis a phethe felly,' ychwanegodd Arwel. Cwympodd wyneb mam Beth. Doedd Arwel ddim yn ei chefnogi wedi'r cwbwl. 'Rhag ofn i chi ryddhau pŵer tu hwnt i'ch rheolaeth,' esboniodd Arwel yn ddifrifol.

Ceisiodd mam Beth wenu, ond gallai Arwel weld nad dyma'r ateb roedd hi'n dymuno'i glywed.

Goleuodd wyneb Beth. 'Yn gwmws, Mam. Dyna pam ma' nhw'n ddiddorol.'

Ar ôl y ffilm aeth Arwel adre a rhoi ei got a'i fflachlamp mewn bag.

*

Yn ddiweddarach, pan oedd pawb yn cysgu, cerddodd Arwel ar flaenau'i draed i lawr y grisiau. Cydiodd yn ei fag a mynd allan trwy ddrws y ffrynt. Brysiodd ar hyd y strydoedd gwag. Roedd hi'n hwyr. Roedd hi'n bwrw galw mân – hen gawod niwlog a ddisgleiriai yng ngoleuadau'r stryd. Roedd y dref yn dawel. Doedd yna'r un enaid byw i'w weld, dim ceir. Wrth i Arwel gerdded, edrychai o'i gwmpas, gan gadw llygad ar y lonydd a'r drysau tywyll, a meddwl tybed a oedd yna sombis yn cuddio yn y cysgodion, yn ei wylio. Yn y pellter gallai glywed sgrech seiren ceir heddlu; ar wahân i hynny y cyfan y medrai glywed oedd sŵn ei dreinyrs gwlyb wrth gerdded drwy'r pyllau dŵr.

Yn raddol, daeth Arwel yn agosach, wrth iddo ddringo'r strydoedd llithrig heibio'r tai tuag at y goedwig. Cyn gynted ag y cyrhaeddodd y coed pin, cyneuodd ei fflachlamp. Aeth heibio'r biniau olwyn oedd wedi cael eu troi ar eu hochrau a rhwydi a pholion wedi eu gosod o'u blaenau. Edrychodd Arwel y tu mewn iddyn nhw. Byrgers! Ysgydwodd Arwel ei ben. Gruff a Martin. Am bâr dwl, meddyliodd: yn gyntaf yn ceisio dal sombis â byrgers ac yn ail am chwarae â phethau nad oedden nhw'n eu deall. Cerddodd yn ddyfnach i'r goedwig, tan iddo gyrraedd y man lle roedd wedi cwrdd â'r sombis y tro diwethaf.

Diffoddodd ei fflachlamp a disgwyl o dan y coed tywyll, tamp. Diferai'r glaw o'r dail. Roedd yn oer, yn dywyll ac yn unig. Roedd Arwel yn ofnus ac eisiau mynd adre. Ond roedd rhan ohono eisiau gweld y sombis unwaith eto, er nad oedd yn siŵr a oedden nhw'n gyfeillgar ai peidio. Gallai Arwel arogli'r un hen arogl myglyd yn yr awyr – arogl saim sglodion a chaws llyfant.

Cyn bo hir dechreuodd y coed ysgwyd. Daliodd Arwel ei wynt. Dyma nhw. Roedd y sombis yn dod; dechreuodd eu goleuni lliw arian, rhewllyd a rhyfedd oleuo'r nos.

'Ddest ti 'nôl,' meddai Delme, gan ymddangos o'r tywyllwch.

'Fe wnes i addo,' meddai Arwel. 'Ddwedoch chi eich bod chi isie help.'

'Ti'n fachgen dewr,' meddai Delme, 'neu'n ddwl. Fydde llawer o blant ddim wedi mentro mas fel hyn. Ti ddim yn ofnus 'te?'

Nodiodd Arwel. 'Beth 'ych chi isie?' gofynnodd.

Dechreuodd sombis eraill gropian allan o'r coed.

'D'yn ni ddim isie bod yn sombis mwyach,' meddai Delme.

Edrychodd Arwel ar y creaduriaid rhyfedd: doedd hynny ddim yn syndod, doedd edrych arnyn nhw ddim yn brofiad braf iawn. 'Chi 'di cael eich cosbi 'te?' sibrydodd.

'Do, mewn ffordd. Chwaraeon ni gêm, ac fe gollon ni. Dyma'n cosb ni am golli.'

'Be ddigwyddodd?' holodd Arwel.

'Rygbi,' meddai Delme.

Nodiodd Arwel; roedd e'n deall yn iawn. Gallai rygbi fod yn wych, ond gallai fod yn wael hefyd. Meddyliodd am ei gêm ddiwethaf. Petai e ond wedi dweud wrth y gweddill am newid y waedd. Gwyddai o'r cychwyn fod y gair yn un gwirion i'w ddewis.

'Ma 'da ni i gyd un peth yn gyffredin,' esboniodd Delme. 'Edrych ar ein cryse ni. Rydyn ni i gyd wedi chwarae dros Gymru...unwaith. Flynyddoedd maith yn ôl, ni o'dd y gorau. Ni oedd ar y brig: yn asgellwyr, cefnwyr, wythwyr, gofyn di – ni o'dd y gorau o'n cenhedlaeth. Ond dim ond unwaith rydyn ni wedi chwarae. Ac yna byth 'to. Fel ti.'

'Allen i chware 'to,' mentrodd Arwel.

Edrychodd Delme yn gam arno. 'Fe wnaethon ni gawl o bethe. Cefnwr o'n ni. Fe ollynges i'r bêl. Do'n i ddim yn canolbwyntio'n iawn am eiliad ac fe sgorion nhw gais ac ennill y gêm.' Cyn iddo blygu'i ben mewn cywilydd syllodd Delme ar weddill y sombis. 'Dwedwch wrtho fe, bois, dwedwch eich straeon i gyd.'

Camodd y bachwr, Rhif Dau, ymlaen. 'Do'dd gen i ddim hunanddisgyblaeth. Fe roddes i ergyd i'r bachgen 'ma ac fe ildiais gic gosb bwysig. Ac fe gollon ni,' meddai.

Yr wythwr oedd y nesaf i gamu ymlaen. 'Do'n i ddim yn meddwl yn glir. Fe fethes i dacl ac fe sgorion nhw dan y pyst. Do'n i ddim yn gallu maddau i fi fy hunan.'

Un o'r tri chwarteri oedd nesaf. 'Methais gyrraedd yr ystlys. Do'n i ddim wedi bwriadu gneud, ond fe stopiais feddwl am eiliad, a chyn i mi allu gneud dim, ro'n nhw i mewn, ac ro'n i mas.'

Yn sydyn roedd pob un sombi eisiau sylw, yn gweiddi ar draws ei gilydd.

'Ces i 'nghosbi am rwystro.'

'Wnes i erioed edrych o 'nghwmpas. Do'n i byth yn paso. 'Sen i 'di paso, fydden ni 'di ennill. Ond ro'n i isie'r clod i gyd.'

Ac fel hynny y buodd hi – pedair ar ddeg o straeon trist gan ddynion oedd wedi siomi'u timau. Yn sydyn, deallodd Arwel pam ei roedd e yno. Neu o leiaf, tybiai ei fod yn gwybod. 'Camddeall symudiad wnes i,' meddai. 'Fe redes i i'r cyfeiriad anghywir ac fe sgorion nhw ac fe gollon ni.'

'Felly ti'n gwbod shwt ma pethe.' Rhoddodd Delme'i law bydredig ar ysgwydd Arwel.

Syllodd Arwel arni'n amheus. 'Sai'n deall o hyd pam 'ych chi isie fy help i.'

'Wel,' meddai Delme, 'mae'n syml. Do'n ni ddim yn gwbod hyn pan o'n ni'n fyw. Ond ma 'na felltith yma yng Nghymru, melltith y sombi. Ma chware dros Gymru'n anrhydedd fawr. R'ych chi'n trio gneud eich gorau glas. Ennill neu golli, yr un yw'r sefyllfa. Ma ennill yn wych. Ond allwch chi ddim ennill pob gêm. Weithie ma'r ochr arall yn eich trechu. Gallwch golli â balchder, ond os 'ych chi'n teimlo'n anfodlon â'r sefyllfa, fe gewch chi'ch poeni a'ch plagio. Os 'ych chi'n dechre meddwl mai chi sydd ar fai, fe gewch chi'ch llyncu a'ch bwyta gan y teimlad. Allwch chi ddim ymlacio. Ennill yw'r unig ddihangfa.'

'Beth 'ych chi'n weud?' gofynnodd Arwel mewn penbleth.

'Sombis 'yn ni achos allwn ni ddim madde i ni ein hunain,' meddai Delme. 'Chawn ni mo'n rhyddhau os na allwn ni neud yn iawn am y peth. A'r unig ffordd i neud hynny yw chware gêm ryngwladol arall – ac ennill. Yna byddwn ni'n rhydd.'

'Ond chi wedi marw. Shwt allwch chi fod yn rhydd?' holodd Arwel.

Roedd chwerthin y sombis i'w glywed fel pren crin yn cwympo i'r ddaear.

'D'yn ni ddim y naill beth na'r llall,' meddai Delme, 'ddim yn farw, nac yn fyw. R'yn ni yn y tywyllwch.'

'Beth dwi'n drio'i weud yw,' esboniodd Arwel, 'r'ych chi'n rhy...wedi pydru gormod i chware gêm ryngwladol. Chi'n rhy hen.'

'Allwn ni chware o hyd,' mynnodd Delme. 'Ma sombis yn gryf ac yn gyflym. Ma 'da ni bwere anhygoel. Dim ond un broblem sy 'na.'

'Beth?' gofynnodd Arwel, gan edrych o'i gwmpas. Gallai e weld llawer mwy nag un broblem.

'Dim ond pedwar ar ddeg ohonom ni sy 'ma. Ma isie pymtheg i neud tîm.'

Dechreuodd Arwel chwerthin: fedrai e ddim peidio. Chwarddodd mor galed nes bod ei ochrau'n brifo. 'Chi'n meddwl mai cael dim ond un deg pedwar chwaraewr sy'n eich rhwystro chi?' bustachodd. 'Chi'n wallgo! Allwch chi byth chwarae rygbi – byddech chi'n pydru yn yr haul, bydde darne ohonoch chi'n cwympo bant tase rhywun yn eich taclo chi a . . . wel, fydde neb yn 'u llawn bwyll yn barod i chware yn eich erbyn. A ta beth, dim ond tair ar ddeg oed ydw i a dwi newydd gael 'y ngollwng o dîm yr ysgol. Allen i ddim chware gêm rynglwadol. Fydde neb yn ein cymryd ni o ddifri.'

Edrychodd Delme'n drist arno. 'Ond, *ti* yn ein cymryd ni o ddifri,' meddai. 'Ti fydd y pymthegfed chwaraewr – ein maswr. Os gwnei di chware 'da ni, byddi di'n derbyn ein pwerau ni ar y cae ac fe fyddi di'r un mor gryf ag unrhyw ddyn byw.'

Stopiodd Arwel chwerthin; caeodd ei lygaid wrth i Delme gerdded 'nôl ac ymlaen mewn rhwystredigaeth.

'Ti'n *mynd* i chware i ni,' mynnodd capten y sombis. 'Fe wnawn ni dîm gwych; byddwn ni'n ennill gêm ryngwladol, dim problem. Edrych!' Trodd at y sombis. 'Iawn, fechgyn, dewch i ni ddangos iddo fe beth allwn ni 'i wneud.'

Edrychodd Arwel wrth i'r sombis drefnu eu hunain.

Edrychai'r pac yn frawychus; aethon nhw ati i ymarfer drwy hyrddio coed i'r llawr. Taflai'r olwyr garreg o gwmpas mor gyflym â bwled. Rhedodd Delme at Arwel. 'Wel?' meddai. 'Ma isie buddugoliaeth arnat ti hefyd.'

Ymatebodd Arwel heb feddwl. 'Alla i ddim chware rygbi. Sdim siâp arna i.'

'Ro'n i'n meddwl byddet ti'n gweud hynny,' gwenodd Delme. 'Arwel, 'smo ti'n gweld – os mai fel 'na wyt ti am feddwl, byddi di'n gwmws fel ni. Mae'n *rhaid* i ti chware i ni.'

Ysgydwodd Arwel ei ben yn anhapus. 'Alla i ddim; dwi ddim yn ddigon da; dwi ddim hyd yn oed yn ddigon da i gael llun ohona i fy hun ar y silff ben tân gartre,' sniffiodd.

Gwgodd Delme a chydio'n dyner yn ei ysgwyddau.

'Gwranda,' meddai.

Amneidiodd Delme â'i ben a rhedodd dau sombi i'r gwyll. Funudau'n ddiweddarach daethon nhw'n ôl, yn gwthio dau garcharor o'u blaenau – dau fachgen. Roedd Arwel yn eu nabod yn syth. Gruff a Martin oedden nhw. Roedden nhw wedi'u parlysu gan ofn.

'Fe welon ni nhw'n adeiladu trapie sombis,' chwarddodd Delme. 'Doedd e ddim yn beth call iawn i'w wneud.'

'Arwel, rhaid i ti ein helpu ni,' gwaeddodd Gruff. 'Ma nhw'n drewi'n ofnadw.'

'Wnaeth y garlleg ddim gweithio,' wfftiodd Martin.

'Sombis rygbi 'yn ni – ni'n bwyta garlleg i frecwast,'

meddai Delme gan wenu. 'Nawr, Arwel, ni isie i ti chware i ni. Os gwnei di, yna fe adawn ni'r ddau ffrind twp 'ma'n rhydd. Os na wnei di, fe wnawn ni'u bwyta nhw!'

Doedd dim dewis gan Arwel. Allai e ddim gadael i'r sombis fwyta'i ffrindiau, er eu bod wedi bod yn hynod o dwp. Cytunodd. 'Iawn. Ond bydd yn rhaid i chi ddod mas o'r goedwig 'ma. Allwch chi ddim chware rygbi mewn coedwig; bydd yn rhaid i chi ymddiried yno i.'

'Dim problem,' meddai Delme. 'Ond allwn ni ddim ymddiried yn y ddau 'ma.'

Roedd y sombis wedi datglymu Gruff a Martin erbyn hyn, er bod y ddau'n dal i grynu yn y golau arian.

'O,' meddai Arwel, 'Gruff a Martin. Falle y bydd eu hisie nhw arnoch chi hefyd. Os 'yn ni'n mynd i chware gêm ryngwladol, bydd isie pob ffrind posib arnon ni.'

'Allwch chi ddibynnu arnon ni,' llefodd Gruff. 'Ni'n fechgyn da.'

'Cawn weld,' meddai Delme, gan wthio Gruff a Martin tuag at Arwel. Closiodd y tri at ei gilydd. Yn sydyn, edrychai Arwel yn hyderus, fel petai'n hen law ar drafod â sombis. Roedd golwg ofnadwy ar Martin tra oedd Gruff yn ymddiheuro dan ei wynt am bopeth gwael roedd wedi'i wneud ar hyd ei fywyd.

'Ti'n chware i'r Sombis nawr,' meddai Delme wrth iddo gamu'n araf 'nôl i'r coed. Yn raddol, dechreuodd y golau arian bylu wrth i weddill y tîm ddiflannu. Llithrodd pob un yn ôl i'r coed, a thoc, fel cwmwl o fwg, roedden nhw wedi diflannu'n llwyr.

Edrychodd Martin a Gruff ar ei gilydd yn syn. Doedden nhw erioed wedi gweld, clywed, teimlo nac arogli dim byd tebyg o'r blaen. 'Bois bach,' meddai Martin, 'ti'n anhygoel.'

Ysgydwodd Arwel ei ben. 'Ro'n i'n ofnadw,' cwynodd. 'Dewch! Mae'n hwyr. Bydd eich rhieni'n poeni ble y'ch chi.'

*

Dipyn yn ddiweddarach, llusgodd Arwel ei hun i'w wely. Roedd yr heddlu wedi bod allan yn chwilio am Martin a Gruff; roedd eu rhieni wedi mynd yn benwan. Roedd yn rhaid i Arwel gerdded adref drwy'r cysgodion fel sombi ei hun. Gwthiodd yr allwedd i glo drws y ffrynt a'i droi yn araf; cuddiwyd y clic gan sŵn y diferion glaw. Ciciodd ei sgidiau bant ac ar flaenau ei draed, cerddodd i mewn i'r tŷ a lan i'w stafell. Yna dringodd i'w wely, tynnu'r cynfasau drosto a rhoi'r gobennydd dros ei ben. Roedd yn ddiogel.

Ond doedd e ddim yn gallu cysgu. Gorweddai ar ddi-hun, yn gwrando ar y glaw ar y ffenest, yn meddwl sut y gallai drefnu gêm i griw o sombis.

Pennod 9

Amser cinio drannoeth, aeth Arwel yn ôl i'r llyfrgell er mwyn chwilio'r we. Roedd e wedi blino ac yn rhwbio'i lygaid yn arw wrth syllu ar sgrin y cyfrifiadur. Roedd Beth yno'n barod. Daeth hi draw ato ac eistedd ar gadair yn ei ymyl. 'Hoffet ti wylio *Realm of the Living Dead* ar ôl ysgol?'

Crynodd Arwel.

'Ti'n iawn?' gofynnodd Beth.

Edrychodd Beth yn syth i lygaid Arwel: gwelai ei fod yn edrych yn flinedig ac yn bryderus. Gwnaeth ei hedrychiad i Arwel deimlo'n rhyfedd, fel petai hi'n ceisio darllen ei feddyliau. Beth oedd y pwynt o geisio cuddio unrhyw beth? Roedd e'n ofnus. Roedd e wedi cwrdd â sombis; roedden nhw wedi bygwth bwyta'i ffrindiau ac roedden nhw eisiau iddo fe drefnu gêm rygbi ryngwladol a chwarae yn y tîm.

'Ydy'r bechgyn yn dal i chwerthin arnat ti ar ôl y gêm?' gofynnodd Beth.

'Nac ydyn,' meddai Arwel. 'Alla i ddim siarad fan hyn. Ma pethe llawer mwy difrifol na hynny.'

Lledodd llygaid Beth yn fawr. Roedd hi bron yn edrych yn falch. Hoffai'r syniad fod Arwel eisiau dweud rhywbeth wrthi. Gwnâi hynny iddi deimlo'n bwysig. Syllodd Arwel drwy'r ffenest. Yn y pellter, safai dau fachgen yn bownsio pêl fasged dan y cylch; roedden nhw yr un mor ofnus ag e.

'Gwranda,' meddai Arwel yn sydyn gan godi, 'ma'n rhaid i mi fynd. Wela i di ar ôl ysgol.'

Yn llawn brys gadawodd e Beth yn syllu ar y sgrîn, yn darllen am sombis. Llithrodd allan i'r caeau chwarae drwy'r drws tân wrth ymyl y llyfrgell. Rhedodd tuag at y ddau a oedd ar y cwrt pêl-fasged.

Pan gyrhaeddodd Arwel, roedd Gruff a Martin yn dawel, yn bownsio'r bêl yn ôl ac ymlaen. Roedd sŵn y bêl yn llenwi'r tawelwch ac yn gwneud i bethau ymddangos yn fwy naturiol. Allen nhw ddim credu'n iawn beth oedd wedi digwydd iddyn nhw'r noson gynt. Roedd eu bywydau wedi'u newid am byth gan y sombis. Roedden nhw'n teimlo'n rhyfedd, fel petai'r byd roedden nhw'n byw ynddo wedi newid a ddim bellach yn real, neu fel petai'r hyn roedden nhw wedi ei weld wedi newid eu dealltwriaeth o'r byd. Roedd un peth yn bendant, roedden nhw'n gwybod bod rhywbeth mawr wedi digwydd a bod hwnnw wedi newid popeth. O achos yr hyn oedd wedi digwydd, roedd yr ysgol nawr yn ymddangos yn fach; roedd gwastraffu amser tu allan i siop Spar yn ymddangos fel peth dwl iawn i'w wneud; roedd y biniau sbwriel yn ddibwrpas; ac roedd popeth bron yn ymddangos yn ddibwys.

Taflodd Martin y bêl at Gruff. 'Ma'n neud i ti feddwl, on'd dyw e?'

Paratôdd Gruff i saethu'r bêl. 'Os yw e'n neud i *ti* feddwl, Martin, ma'n rhaid 'i fod e'n dipyn o beth.' Rhwydodd y bêl. Syllodd ac amneidiodd ar Arwel a oedd yn sefyll wrth ymyl y cwrt. 'Wel, dwi'n falch nad ydw i'n 'i sgidie fe,' meddai. 'O leia sdim rhaid i fi chwarae rygbi gyda chriw o sombis.'

'Ond, 'na'r peth . . . ' esboniodd Martin. 'Os yw Arwel yn gneud cawl o bethe – ni'n mynd i farw. Yn llythrennol.'

'Cofia,' meddai Gruff, 'dyw e ddim yn chwarae'n ddrwg. Dim ond ambell gamgymeriad tactegol.' Roedd yna syniad yn ffurfio yn ei feddwl: 'Ma isie rhaglen hyfforddi Arwel arnon ni.'

'Gadewch eich dwli,' meddai Arwel, 'a stopiwch siarad amdana i fel tasen i ddim 'ma.'

Daliodd Martin y bêl ac eistedd arni. Edrychodd ar draws y cwm a syllu ar y rhesi o dai teras yn dringo i fyny'r llethrau fel sianis blewog. Gallai weld ei gartref ei hun ar gopa'r bryn a drws nesaf iddo'r goedwig yn llawn sombis yn cysgu.

'Ti'n iawn,' cytunodd.

'Gan gymryd bod y sombis 'ma'n rhai go iawn a'u bod nhw o ddifri, ac ma'n ymddangos 'u bod nhw, bydd yn rhaid i Arwel ddatblygu. Ti'n meddwl bod ganddo botensial? Fel chwaraewr? I ennill gêm?'

Atebodd Gruff yn araf, feddylgar. 'Dweud ydw i, dyw e ddim mor wael â beth ma pawb yn 'i feddwl. Petai ganddo 'chydig bach mwy o hyder, galle fe fod yn eitha da.'

'Pa mor dda?' gwaeddodd Arwel, yn goch gan rwystredigaeth. 'Pa mor dda allwn i fod?' Teimlai'n rhyfedd. Gallai fod yn dda; gwyddai hynny.

'Allet ti fod yn wych,' mentrodd Gruff, 'ond…'

'Iawn,' meddai Martin. 'Dwi'n gwbod beth i neud. Gei di ddelio ag ochr gorfforol pethe. Fe ganolbwyntia i ar 'i feddwl e. Ma isie i fi ddatblygu'r ochor nad oes neb wedi'i gweld 'to!'

'Yr ochor nad oes neb wedi'i gweld?' gofynnodd Gruff, gan anwybyddu Arwel unwaith eto. 'Beth ti'n feddwl?'

'Dyna pam mai ti sy'n neud yr ymladd ac mai fi sy'n neud y meddwl,' meddai Martin. 'Y sgilie cudd…sy'n ddwfn y tu mewn iddo fe. Allwch chi ddim gweud beth 'yn nhw'n syth. Ni'n mynd i droi'r bachan yma'n enillydd – yn rym peryglus. Naill ai hynny, neu ni'n marw.'

'Ydw i'n cael gweud gair?' Roedd Arwel wedi symud oddi ar ystlys y cae, yn benderfynol o gael cyfrannu i'r sgwrs.

'Na!' atebodd Gruff a Martin gyda'i gilydd.

'Iawn,' meddai Arwel yn araf. 'Ond mae Beth yn rhan o'r cyfan hefyd.'

'Ti'n tynnu'n coes ni!' edrychodd Martin yn anghrediniol ar ei ffrind.

'Dyna'r cynnig,' meddai Arwel.

*

Yn ddiweddarach y noson honno, cerddodd pedwar person – Gruff, Martin, Arwel a Beth – gyda'i gilydd drwy giatiau'r ysgol. Ddwedon nhw ddim gair wrth ei gilydd. Roedd pethau wedi newid.

Pennod 10

Roedd Arwel a Beth yn bwyta bisgedi yn y stafell wrth i fam Beth ddod â the iddyn nhw. Ar y sgrîn roedd *Realm of the Living Dead*, ond doedd Arwel ddim yn edrych ar honno. Yn hytrach, syllai ei lygaid yn nerfus o gwmpas y stafell. Roedd yna ddigonedd o luniau o Beth ar ei silff ben tân *hi*. Stopiodd hi'r ffilm. 'Beth sy'n bod?' gofynnodd. 'Ti ddim yn gwylio o gwbwl.'

'Ydw,' meddai Arwel yn amddifynnol.

'Dwed wrtha i beth sy newydd ddigwydd 'te.'

'Pryd?'

'Nawr,' meddai Beth.

Gwnaeth Arwel ei orau ond fedrai e ddim cofio unrhyw beth. 'Tro fe mlan. Ddaw e 'nôl ata i nawr.'

Twt-twtiodd Beth a mynd ati i ailddechrau'r DVD. Stopiodd Arwel hi. 'Ti'n credu mewn arswyd?' gofynnodd yn ddifrifol.

Oedodd Beth. 'Wel...ydw, am wn i...mae'n codi ofn, felly dyna beth yw arswyd,' meddai, gan edrych mewn penbleth ar ei ffrind.

'Nid mewn ffilmie. Yn y byd go iawn,' aeth Arwel yn ei flaen. 'Wyt ti'n credu bod y fath beth ag arswyd?'

Syllodd Beth yn galed ar Arwel. Gallai weld ei fod yn chwilio am ateb. 'Dwi ddim yn gwbod beth ti'n feddwl.'

'Oes sombis yn bod go iawn?' gofynnodd Arwel.

Ailddechreuodd Beth y ffilm. 'Wel, mae rhai pobl

yn credu hynny,' meddai. 'Ar ambell ynys yn y Caribî ma 'na bentrefi cyfan yn credu ynddyn nhw. A llawer lle yn yr Affrig. Ma pobol 'di sgrifennu llyfre amdanyn nhw.'

'Ond beth tasen i'n sôn am griw o sombis,' meddai Arwel yn araf ofalus, 'yn byw yn y goedwig tu ôl i dŷ Martin. Fyddet ti ddim yn meddwl 'mod i'n ddwl?'

Oedodd Beth y ffilm eto. 'Mwy na thebyg,' chwarddodd. 'Ond pa fath o sombis?'

'Rhai Cymreig...' meddai Arwel. 'Sombis rygbi.'

Rhowliodd Beth ei llygaid gan ochneidio. 'Ti'n wallgo. Ti'n dal yn poeni am y gêm rygbi 'na. Nid dy fai di o'dd e; dwi 'di gweud hynny wrthot ti,' meddai, gan ailddechrau'r ffilm eto.

'Beth dwi'n drio'i weud wrthot ti yw, ma 'na griw o sombis sy'n chware rygbi yn byw yn y goedwig, ac mae nhw isie i fi chware drostyn nhw. Alla i ddangos i ti. Ma Martin a Gruff wedi'u gweld nhw.' Estynnodd Arwel am y teclyn a diffodd y teledu. 'Ma isie dy help di arna i,' meddai.

Doedd e ddim yn siŵr a oedd Beth yn ei gredu. Doedd y ffaith fod ei sombis e'n Gymry a'u bod nhw'n gwisgo cit rygbi ddim yn helpu'r achos. Doedd e ddim wedi dod o hyd i ddim byd ar y we am sombis oedd yn chwarae rygbi.

Pan stopiodd Arwel siarad, eisteddodd Beth am funud gyfan i feddwl. Cnôdd ei bisgeden. Yna, heb air, gadawodd y stafell, gan adael Arwel ar ei ben ei hun. Edrychodd yntau o'i gwmpas unwaith eto.

Roedd silff ben tân Beth yn llawn lluniau ohoni: Beth yn y tîm pêl-rwyd; gyda'r Brownies pan oedd yn llai; gyda'i ffrindiau. Gafaelodd mewn llun ysgol ac edrych arni'n syllu arno. Roedd ei llygaid yn disgleirio hyd yn oed yn y llun hwnnw.

Yn sydyn, ciciwyd drws y stafell ar agor wrth i Beth fustachu i mewn yn cario dwy ffolder anferth. 'Helpa fi,' meddai wrth iddi geisio agor y drws â'i throed.

Cymerodd Arwel y ffeiliau oddi arni a'u rhoi ar y llawr. Eisteddodd ar y carped a chodi'r ffeil binc. Arni'n ddestlus mewn inc glas roedd y geiriau 'YR ARALLFYDOL'. Tu mewn, roedd Beth wedi cadw toriadau o bapurau newydd a phytiau o wybodaeth oddi ar y we. Roedd yna erthygl o'r papur lleol am ddyn o Ponti a oedd yn honni'i fod wedi gweld pethau arallfydol tu fas i dafarn ei wncwl.

Gorweddai Beth ar y carped, yn pori'n ofalus drwy'r ffeiliau, yn edrych am unrhyw beth oedd yn sôn am sombis Cymreig. Gofynnodd gwestiynau i Arwel: 'Tua faint o'dd 'u hoedran nhw? Ble ma nhw isie chware? Yn erbyn pwy ma nhw isie chware? Allet ti guddio'r ffaith mai sombis y'n nhw o gwbwl? Oes gyda nhw bwerau arbennig?'

Edrychodd Arwel arni mewn rhyfeddod; pwy fyddai'n meddwl y byddai swyddog llyfrgell o chwaraewraig bêl-rwyd yn gwybod cymaint am y byd goruwchnaturiol? Ceisiodd Arwel ateb pob cwestiwn mor llawn ag y medrai. Roedd eisoes wedi dod i'r casgliad y byddai'n rhaid i'r sombis wisgo cit rygbi newydd: allen nhw roi rhwymyn am y darnau o'u cyrff oedd yn disgyn i ffwrdd, ac o bosib wisgo capiau sgrym am eu pennau rhag iddyn nhw golli'u clustiau. Mewn gwirionedd, gyda chit newydd sbon teimlai Arwel na fyddai neb yn medru dweud mai sombis oedden nhw.

'Alli di ddim gweld llawer o'r ystlys, ta beth,' meddai Beth.

Teimlai Arwel gymaint o ryddhad o'i gweld yn cymryd y cyfan o ddifri. Naill ai roedd hi o ddifri neu efallai'n credu ei fod yn gwbl wallgo ac yn gwneud hwyl am ei ben.

Daeth pen mam Beth rownd cornel drws y lolfa. 'Popeth yn iawn? Ro'n i'n dechre becso amdanoch chi – chi mor dawel.'

'Gwaith cartre,' meddai Beth, yn eistedd ar y llawr, wedi ymgolli mewn ffeil.

Cododd Arwel ei olygon o'r darn papur roedd yn ei ddarllen, gan wenu.

'Bisgedi?' holodd mam Beth.

'W, ie, plîs,' meddai Beth a brysiodd ei mam o'r stafell.

'Gêmau nos yn unig,' nododd Arwel. 'Dyw sombis ddim yn hoffi golau dydd.'

'Golau lleuad fydde ore,' cytunodd Beth.

Gwenodd Arwel.

Pennod 11

Pan gyrhaeddodd Arwel adref o'r diwedd doedd e ddim yn llwglyd o gwbwl. Roedd Tania a Steve yn eistedd wrth fwrdd y gegin ac roedd Dad yn brysur ar ei ddrymiau Bwdaidd yn y llofft. Gallai pawb ei glywed yn llafarganu.

''Co ti,' meddai mam Arwel, gan gynnig llond powlen o gawl iddo.

Llamodd Dad i mewn i'r stafell, wedi ei ddenu gan yr arogl. 'Hyfryd,' meddai, 'pryd bach teuluol.'

'D'yn ni ddim yn bwyta gyda'n gilydd yn ddigon aml,' meddai Mam.

'Wel,' meddai Tania, 'dim ond eich bod chi'n cofio ein bod ni'n mynd mas yn hwyrach.'

Aeth mam Arwel ati i weini'r cawl. Gwelodd Arwel ei gyfle. 'Ym, Dad?' meddai.

'Ym, beth?' atebodd ei dad.

'Mae'n ymwneud â rygbi,' meddai Arwel. 'Dwi wedi cael syniad.'

Prin oedd cyffro ei dad.

'Paid becso, Arwel,' meddai Steve. 'Fe gei di gyfle arall.'

Daliodd Arwel ati: 'Beth 'sen i'n dweud 'mod i 'di ffurfio tîm newydd a'n bod ni'n chwilio am gêm?'

'O, Arwel,' ochneidiodd Mam, 'ti ddim yn credu y dylet ti drio rhwbeth arall am dipyn bach?'

'Ie...fel tidli-wincs,' wfftiodd Tania.

'Ma Arwel yn chwaraewr da,' meddai Steve. 'Digwydd camddeall yr alwad wnaeth e, 'na i gyd.'

'Ond dyw e ddim cystal â ti, odi fe?' meddai Tania.

Roedd rhaid i Steve gytuno; doedd Arwel, na neb arall chwaith, ddim mor dda ag e.

'Beth am 'y nhîm i?' gofynnodd Arwel.

'Tîm cyfrinachol, ife? Amaturiaid Arwel?' wfftiodd Tania.

'Rown ni gêm i chi,' meddai ei dad. 'Ma'r trydydd tîm wastod yn chwilio am wrthwynebwyr teilwng.'

'Na!' meddai Arwel. 'Ni'n dda; ni isie chware yn erbyn y tîm cynta – mewn gêm "gyfeillgar".'

'Gêm "gyfeillgar",' ailadroddodd Dad, yn cnoi ar ddarn o gig oen. Daeth golwg hiraethus i'w lygaid am eiliad. 'D'yn ni ddim wedi cael gêm "gyfeillgar" ers blynyddoedd.'

'Nad'ych' meddai Mam, 'ac am reswm. Mae gêmau cyfeillgar yn ofnadwy. Dwi'n 'u cofio nhw, dyna pam gawson nhw'u gwahardd, yr holl ymladd 'na...'

Dechreuodd tad Arwel gofio am ambell gêm "gyfeillgar" oedd wedi chwarae yn y clwb yn y gorffennol. Gêmau treisgar oedd llawer ohonyn nhw. Roedd gêmau 'cyfeillgar' yn perthyn i'r oes a fu, cyn bod pobl yn cael eu talu am chwarae. Yn y dyddiau hynny, roedd rygbi'n fater difrifol – yn fater o un llwyth yn erbyn llwyth arall.

'Ond, sdim tîm 'da ti,' torrodd Tania ar draws y sgwrs.

'Oes ma fe,' mynnodd Arwel. 'Tîm llawn. Ma Martin a Gruff 'di cwrdd â'r bois i gyd. Cyfle sy isie arnon ni, dyna i gyd.'

'Beth yw enw'ch tîm chi?' holodd Tania.

Doedd Arwel ddim wedi meddwl am hyn. Oedodd. 'Y Sombis,' meddai.

Gwthiodd ei dad daten i'w geg. 'Y Sombis' ailadroddodd hwnnw, gan gnoi'n fyfyrgar ar ei fwyd. 'Swnio'n ddiddorol. Wel, os yw Arwel a'i ffrindie isie chware gêm "gyfeillgar", ga i weld beth alla i neud. Steve, wyt ti ar ga'l? Bydd rhaid iddi fod yn gêm ganol wythnos – cico bant yn yr hwyr.'

Gwenodd Steve: wrth gwrs ei fod ar gael. Roedd yn hoff o Arwel, ac er mai gwastraff amser fyddai'r gêm, efallai y gallai fod o gymorth i wella hyder Arwel fel chwaraewr, ac roedd y bachgen yn haeddu ail gyfle.

'Hm. Sai'n deall shwt all rhywun sy'n caru heddwch fod â chymaint o ddiddordeb mewn gêm rygbi "gyfeillgar",' meddai Mam.

*

Yn hwyrach y noson honno anfonodd Arwel neges at Gruff, Martin a Beth: 'Gêm!'

Pennod 12

'Ma'n rhaid i ni ddatblygu dy gryfder meddyliol,' meddai Martin wrth groesi'r parc.

'Dwi ddim yn gweld shwt ma cael Gruff i eistedd ar 'y mhen yn mynd i helpu,' cwynodd Arwel o rywle dan gorff ei ffrind.

Cododd Gruff ar ei draed unwaith eto gan adael i Arwel stryffaglu oddi ar y llawr.

'Dwi wedi rhaglennu Gruff i ymosod ar hap. Pan na fyddi di'n disgwyl, bydd e'n ymosod arnat ti,' meddai Martin. 'Ma'n rhaid i ti fod yn barod drwy'r amser i ddisgwyl yr annisgwyl ac i feddwl yn gyflymach fel dy fod yn gallu delio â'i gryfder a'i sgilie drwy fod yn fwy cyfrwys.'

Gostyngodd Gruff ei ysgwydd a hyrddio i mewn i Arwel, a oedd ar y pryd yn brwsio'r gwair oddi ar ei drowsus, a'i wthio 'nôl ar hyd y glaswellt ac i'r llawr.

Aeth Martin draw ato. 'Ma'n rhaid i ti chware fel taset ti'n gwbod beth ti'n neud,' meddai. 'Ar hyn o bryd, ti'n rhy wan.'

Roedd Gruff, trwy ryw ddirgel ffyrdd, wedi cael gafael mewn darn o bren o sgip. Dechreuodd ymosod ar Arwel, a'i orfodi i ochrgamu ac osgoi ergydion y pren.

'Grêt!' gwaeddodd Martin. 'Nawr ti'n dechre meddwl mwy, Arwel.'

'Na'dw ddim,' sgrechiodd Arwel, gan gyrcydu er mwyn osgoi'r hen ddarn o bren.

'Gruff! Dyw trais corfforol heb gryfder meddyliol ddim yn mynd i gyflawni dim,' gwaeddodd Martin.

Daliodd Gruff ati i ymosod ar Arwel â'i ddarn pren am ddeng munud arall cyn iddo flino. O'r diwedd, rhoddodd ei ddarn pren ar lawr.

'Da iawn,' meddai wrth anadlu'n ddwfn.

Pan ddechreuodd Arwel chwerthin, gafaelodd Gruff ynddo a'i gloi o dan ei gesail, cyn ei roi ar lawr gan eistedd ar ei frest unwaith eto.

'Camgymeriad dechreuwr,' meddai Martin, gan dynnu Gruff oddi wrtho. 'Peiriant lladd yw e; paid ag anghofio hynny.'

Cododd Arwel ar ei draed. 'Iawn, dwi'n deall hynny nawr.'

*

Roedd y diwrnodau nesaf yn anodd i Arwel. Doedd dim gwahaniaeth ble roedd e: mewn gwersi, yn y ffreutur, yn cerdded adref, hyd yn oed yn y goedwig, roedd ymosodiadau Gruff yn ddi-baid.

Ac yna daeth y trobwynt. Roedden nhw i gyd yn ciwio am ginio yn yr ysgol: roedd Arwel yn cwyno wrth Martin am y rhaglen hyfforddi, ond roedd Beth yn ochri gyda Martin. Cytunai'r ddau fod yn rhaid i Arwel ddatblygu'r sgìl o lithro drwy bob tacl ac mai dyma'r unig ffordd i ddatblygu hynny. Roedd gan Arwel hambwrdd yn ei ddwylo ac roedd y ddynes ginio newydd lwytho cyrri a sglodion ar ei blât. Trodd a dechrau cerdded at fwrdd i fwyta'i ginio pan welodd Gruff yn ymddangos fel siarc cyflym o'r tu ôl i griw o Flwyddyn 7. Deifiodd Gruff, ond roedd Arwel yn barod amdano ac yn ddigon cyflym i neidio ar ei ffrind, gan achosi iddo syrthio ar ei hyd. Sgrechiodd menywod y gegin wrth i'r cyrri dasgu i bobman tra bod yr athrawon yn ceisio gwahanu'r ddau fachgen. Edrychai Blwyddyn 7 ar ei gilydd yn gegagored, tra oedd Martin a Beth yn brysur yn dathlu ac yn gweiddi 'Ia-hŵ.'

'Dyna beth yw canlyniad,' meddai Martin. 'Ma'n meddwl ar ei draed o'r diwedd a dyw e ddim yn poeni am y canlyniade.'

'Ddim yn ddrwg,' cytunodd Gruff, gan godi ar ei draed. 'Ond fydden i 'di'i gael e yn y diwedd.'

'Hy! Ond wnest ti ddim,' meddai Martin.

Roedd Beth yn hynod o falch o ymateb Arwel. 'Ffantastig!' gwaeddodd wrth iddi dynnu Arwel 'nôl ar ei draed. 'Ma hwnna'n haeddu gwobr. Dewch draw i'n tŷ ni ar ôl ysgol.'

Gwenodd Arwel. Teimlai'n dda. Doedd e ddim yn gwybod pam yn union, achos roedd wedi colli'i gyrri a'i sglods, ond teimlai nad oedd llawer o ots am hynny. Cafodd Gruff ac yntau dair wythnos o golli egwyl gan Miss Treharne a llythyr yr un at eu rhieni am ymladd, ynghyd â rhybudd y caen nhw eu gwahardd o'r ysgol pe bai'r fath beth yn digwydd eto.

*

Ar ddiwedd y dydd aeth y tri bachgen i dŷ Beth. Dywedodd wrthyn nhw am fynd i'r lolfa tra aeth hi i nôl eu gwobr. Cydiodd Martin yn un o'r lluniau a oedd ar y silff ben tân.

'Gofalus,' rhybuddiodd Arwel, a'i gymryd oddi arno a'i roi yn ôl yn ei le.

Agorodd y drws a stryffaglodd Beth i mewn â dau fag du, enfawr. 'Dewch, helpwch,' ebychodd.

Dyma'r tri bachgen yn helpu i gario'r bagiau i ganol y stafell ac arllwys y cynnwys ar lawr. Syllodd Beth yn falch ar y pentwr a ddechrau dal ambell beth i fyny o'i blaen. 'Siop Oxfam: crys rygbi, 50c; sane, 10c; edrychwch – sgidie, popeth. Dwi hyd yn oed 'di dod o hyd i gapie sgrym ar gyfer y blaenwyr.'

Rhyfeddodd y bechgyn at yr olygfa. Roedd ganddyn nhw git – cit cyflawn. Er ei fod yn hen, a bod y crysau i gyd o liwiau gwahanol, roedden nhw dipyn gwell na'r carpiau drewllyd a wisgai'r Sombis fel arfer.

'Os ydyn nhw isie chware, bydd yn rhaid iddyn nhw edrych fel pobol go iawn,' meddai Beth.

Daeth pen mam Beth o'r tu ôl i'r drws. 'Bisgedi, unrhyw un?'

'Dim diolch,' meddai pawb gyda'i gilydd. Gwenodd hithau cyn diflannu i'r gegin.

'Waw,' meddai Martin, 'dim ond gêm sydd isie arnon ni nawr. Ennill honno, yna ennill y nesa a'r nesa a...'

'Ocê, ocê' meddai Arwel. 'Felly alli di stopio ymosod arna i â darne o bren?'

Edrychodd Martin a Beth ar ei gilydd.

'Na, yn anffodus,' meddai Beth yn gadarn, 'ma'n rhaid i ti fod yn barod ar gyfer unrhyw beth!'

Ac fel petai'n pwysleisio'r pwynt, neidiodd Gruff at Arwel yn syth a dechrau ymladd ag e. Ceisiodd hwnnw siarad wrth iddo'i amddiffyn ei hun. 'Fe a' i i weld Delme,' ebychodd, 'i drefnu dyddiad. Y Sombis yn erbyn Aberarswyd – y gêm "gyfeillgar" gynta ers blynyddoedd. Bydd pawb yno!'

*

Wrth i Delme gerdded yn ôl ac ymlaen ar y nodwyddau pinwydd, sylwodd Arwel fod yna fadarch go iawn yn tyfu ar ysgwyddau ei siwmper garpiog a'r rhif 15 ar y cefn.

'Gêm gyfeillgar,' meddai Delme dan ei wynt, gan grafu'i ên.

'Dyw hi ddim yn gêm ryngwladol – dim ond gêm yn erbyn tîm Aberarswyd – ond ma'n rhaid i ni ennill ambell gêm cyn i ni allu chware gêm ryngwladol,' meddai Arwel.

'Gêm,' gwaeddodd Delme, gan droi at Arwel, 'gêm go iawn!'

Roedd yna olwg ryfedd ar ei wyneb. Tybiai Arwel mai trio gwenu roedd e. Rhaid mai dyma'r peth agosaf i wên y gallai sombi ei chynnig, meddyliodd. Edrychodd eto. Ie, gwên oedd hi heb amheuaeth.

Gafaelodd Delme yn ysgwyddau Arwel.

'Bendigedig, fachgen, ro'n i'n gwbod y byddet ti'n llwyddo. Dyma'r newyddion gore dwi wedi ei gael ers . . . hanner can mlynedd.' Yn sydyn trodd chwerthin Delme'n ddagrau.

'Peidiwch llefen,' sibrydodd Arwel. 'Pam y'ch chi'n llefen?'

'Dyw e'n ddim byd,' snwffiodd Delme, gan aildrefnu'i lygaid. 'Bach yn emosiynol…dyna i gyd. Ti 'di gweld chwaraewyr yn llefen pan ma nhw'n canu'r anthem genedlaethol? Ro'n i'n arfer gneud hynny drwy'r amser. Dwi'n credu bod yn well i mi eistedd.'

Eisteddodd, gan bwyso'i gefn yn erbyn coeden binwydd nes iddo setlo unwaith eto. 'Ond ble? Pryd? Shwt?' holodd.

'Ma cit 'da ni, cae a thîm i chware yn ei erbyn,' meddai Arwel. 'Gwedwch wrth y sombis am baratoi. Gadwch chi bopeth arall i fi.'

'Wnei di chware maswr?' holodd Delme.

'Wrth gwrs,' meddai Arwel. 'Dwi 'di bod yn ymarfer.'

Cododd Delme ar ei draed unwaith eto, yn amlwg yn teimlo'n well. 'Sori am 'na, fachgen. Dwi . . . wel, alla i ddim credu'r peth. Rhaid i mi ddweud wrth y bechgyn. Ond fyddan nhw isie gwbod y dyddiad.'

Dywedodd Arwel y peth cyntaf a ddaeth i'w feddwl: Tachwedd yr 22ain. Doedd ganddo ddim syniad pa ddiwrnod o'r wythnos oedd hwnnw, ond roedd gallu dweud cymaint â hynny'n gwneud iddo deimlo fel petai e wedi trefnu popeth yn iawn ymlaen llaw. Ac am ryw reswm roedd y dyddiad wedi glynu yn ei feddwl.

'Grêt! Wthnos nesa 'te!' meddai Delme, gan adael yn frysiog. 'Gwaith da, bachan. Awn ni amdani 'te! O, dwi bron â marw isie gweud wrth y lleill.' Ar hynny, rhedodd Delme bant i'r tywyllwch, gan chwerthin a gweiddi am yn ail wrth iddo fynd.

Wrth i Arwel adael y goedwig, gallai glywed synau rhyfedd yn dod o berfeddion y nos. Sŵn fel coed yn disgyn. Meddyliodd mai'r sombis oedd yno'n cofleidio ac yn cyfarch ei gilydd.

*

Drannoeth roedd y ffaith fod Arwel wedi trefnu gêm gyfeillgar yn dân ar dafodau pawb. Roedd hyd yn oed yr athrawon eisiau gwybod pwy oedd yn chwarae i'r tîm dirgel.

Cytunai pawb ei fod yn syniad da. Pawb ar wahân i Gilligan, nad oedd yn hoffi Arwel o gwbwl. Roedd Gilligan yn fachgen caled. Roedd Gilligan yn fwli. Ac roedd Gilligan yn hoffi Beth.

Ar ei ffordd adre, roedd Arwel yn ceisio cuddio oddi wrth Gruff, a oedd bellach yn ei gwrso â bat pêl fas pan redodd yn syth i mewn i'w hen elyn tu fas i Spar.

'Wel, pwy fydde'n meddwl! Mr Rygbi bach,' heriodd Gilligan.

'Heia, Gilligan,' bustachodd Arwel, gan obeithio nad oedd wedi llwyddo i golli Gruff.

Fflachiai llygaid bach glas Gilligan yn llawn cynddaredd. 'Ti'n meddwl dy fod ti'n rhywbeth sbesial, yn dwyt ti? Ond ar ôl y ffiasco 'na yn erbyn Ponti, yn yr unig gêm ti erioed 'di chware i'r tîm, sneb isie ti. Ac er mwyn cael rhyw fath o gêm, ti'n gorfod trefnu un dy hunan. Ti'n gwbod beth? Dw i'n mynd i neud yn siŵr mod i'n chware yn dy gêm gyfeillgar di.' Gwthiodd Arwel yn ei frest. Pan na chafodd ymateb wrth y bachgen llai, gwthiodd ef eto, yn galetach y tro hwn. Cwympodd Arwel tuag yn ôl yn erbyn rhes newydd o finiau olwyn.

Yr union eiliad, ymddangosodd Gruff yn gyflym rownd y gornel gyda'i fat pêl fas, gan daro Gilligan yn annisgwyl ar ei goes. Cododd Arwel ar ei draed a dianc. Pan gyrhaeddodd y cae, a Gruff ar ei sodlau, doedd na ddim arwydd o Gilligan yn unman. 'Ffiw!' meddai.

'Dwi ddim yn meddwl bod y cynllun ymarfer 'ma'n gweithio'n dda iawn,' meddai Gruff. 'Shwt wnest ti adael i Gilligan dy gornelu di fel 'na?'

'Dianc wrthot ti o'n i'n neud,' meddai Arwel.

Chwarddodd Gruff a'i daclo i'r llawr.

Teimlai Arwel ei fod mewn rhyw fath o hunllef ryfedd. Drwy'r dydd roedd pawb yn ymosod arno, ac yn ystod y nos roedd yn trafod tactegau a stratagaethau gyda chwaraewr hanner marw o'r enw Delme. 'Nôl adref, allai ei dad ddim siarad am unrhyw beth heblaw am y gêm gyfeillgar a sut roedd tîm Arwel yn mynd i gael crasfa. Roedd fel petai wedi anghofio bod ei fab yn chwarae maswr. Doedd hyd yn oed Beth yn fawr o help. Y cwbwl roedd hi'n ei wneud oedd darllen ffeithiau digon brawychus o'i ffeiliau am sombis.

Ond beth petai'r tîm yn colli? Doedd Arwel erioed wedi ennill gêm rygbi. Am eu bod nhw wedi colli y cafodd y sombis eu melltithio yn y lle cyntaf. Pe baen nhw'n colli eto, bydden nhw siŵr o ddial ar Arwel a'i ffrindiau.

Neu, o leiaf, ar Arwel.

Pennod 13

Roedd yr 22ain o Dachwedd yn noson oer a thywyll. Roedd clwb rygbi bach Aberarswyd fel cwch gwenyn, yn fwrlwm o brysurdeb. Roedd yna fan fyrgyrs wedi parcio ger y cae a stêm yn hisian o'r wrn te enfawr. O dan olau oren y bar, gafaelai'r yfwyr yn dynn yn eu peintiau cwrw. Cyrhaeddai ceir y cae o bob cwr o'r fro, gan gludo chwaraewyr a chefnogwyr. Deuai hen ddynion nad oedd wedi bod yn y maes ers oes pys â'u ffyn a'u cŵn i weld y gêm 'gyfeillgar' gyntaf ers blynyddoedd. Roedd y stafelloedd newid yn llawn sŵn clindarddach styds a gweiddi. Pwysai ysgrifennydd y clwb (tad Arwel), y trysorydd (ei gyfaill Benbow) a'r cadeirydd (tad Dafydd Huw) ar y canllaw, yn edrych ar y cae dan y llifoleuadau. Safai Tania gerllaw, wedi ei lapio mewn cot las. Edrychai'n hynod o flin. Roedd yn ben-blwydd arni. Pam, gofynnai i bawb, fod Arwel wedi trefnu'r gêm gyfeillgar hon ar ei phen-blwydd hi? Teimlai'n siŵr ei fod yn gynllun bwriadol i ddifetha'i diwrnod arbennig.

'Pert, on'd y'n nhw?' meddai Huw, yn gwerth-fawrogi'r pyst oedd yn dringo fry i fyny i'r awyr tuag at y sêr uwchben.

Edrychodd Benbow ar yr olygfa liwgar o'i gwmpas: y glaswellt yn welw dan y llifoleuadau; y dillad gaeafol lliwgar a golau'r clwb rygbi'n disgleirio o'u blaenau.

Rhwbiodd ei farf, oedd fel arfer yn arwydd ei fod yn meddwl.

'Dim arwydd o dîm y Sombis, pwy bynnag 'yn nhw,' meddai. 'Ydyn nhw'n dod mewn bws mini 'te?'

Doedd tad Arwel ddim yn siŵr. 'Y cyfan dwi'n gwbod yw y byddan nhw yma erbyn hanner awr 'di saith,' meddai.

Parhaodd Benbow i anwesu'i farf. 'Ti'n siŵr nad yw'r mab 'na sy 'da ti'n tynnu'n coes ni?'

Ysgydwodd tad Arwel ei ben a sychu'i dalcen â llawes ei siwmper Aberarswyd. 'Falle'i fod e braidd yn ddwl weithie, ond mae'n fachgen da. Os yw e'n gweud 'i fod e'n mynd i neud rhwbeth, fe wneith e.'

Lan yn y goedwig roedd pethau braidd yn wyllt. Roedd Arwel, Martin, Beth a Gruff yn rhannu'r offer. Roedd pob clwyf agored yn gorfod cael ei guddio ac roedd angen pob math o rwymau i warchod pengliniau a breichiau. Cymerodd dipyn o amser ond yn y diwedd roedd pawb yn barod yn eu cit newydd. Edrychai'r Sombis yn drawiadol iawn a dweud y lleiaf: yn fandiau, streipiau a chwarteri, roedd eu crysau ail-law yn gybolfa amryliw.

Camodd Beth yn ôl i'w hedmygu. 'Ffantastig,' meddai hi. 'Yn yr hen ddyddie ro'dd chwaraewyr yn arfer gwisgo lliwie'u gwahanol glybie pan fydden nhw'n chware dros y Barbariaid.'

Chwarddodd Delme. 'Nid y Barbaried 'yn ni – ni yw'r Sombis.' Trodd at Arwel, a oedd yn gwisgo'i git ysgol. 'Capten, oes 'da ti 'chydig eirie i'r bechgyn?

Ma nhw braidd yn ddifywyd ar hyn o bryd,' meddai'n dawel. 'Ma isie'u hysbrydoli nhw.'

Edrychodd Arwel ar y tîm a safai mewn rhes o'i flaen. Roedden nhw'n disgwyl iddo ddweud rhywbeth. Syllodd Martin a Gruff yn ddifrifol arno.

'Dere mlan,' sibrydodd Beth, gan ei wthio yn ei gefn.

'Iawn,' meddai Arwel. 'Heddiw ni'n chware yn erbyn tîm 'Nhad, Aberarswyd. Dwi'n gwbod nad hon yw'r gêm ryngwladol roeddech chi 'i hisie. Dwi'n gwbod eich bod chi isie chware gêm ryngwladol. Ond allwn ni ddim gneud hynny 'to – nid heb ennill yr hawl. Rhaid dechre ar y gwaelod cyn symud mlan. Rhaid i ni neud enw i ni'n hunen.'

Gallai weld y cae yn disgleirio dan y llifoleuadau tua milltir i ffwrdd ar waelod y mynydd.

'Ma nhw'n mynd i daflu popeth ato ni. D'yn nhw ddim 'di chware gêm "gyfeillgar" ers blynyddodd. Cofiwch hyn: falle'ch bod chi'n meddwl i chi neud camgymeriad flynyddoedd yn ôl; falle'ch bod chi'n meddwl na allwch chi fyth neud yn iawn am y peth; ond mae'r hyn wnewch chi nesa wastod yn fwy pwysig na'r hyn a r'ych chi wedi'i neud. Os 'ych chi'n gwbod beth sy'n iawn, fyddwch chi'n siŵr o lwyddo. A chofiwch hyn. R'yn ni'n dîm. Ni yw'r Sombis. Sneb yn debyg i ni.' Arhosodd am eiliad i adael i'w eiriau gael effaith. 'Nawr, ni 'di aros yn ddigon hir. Dewch i ni gerdded lawr 'na ac ennill y gêm!'

Sychodd Delme ddeigryn o'i lygad. 'Iawn,'

snwffiodd wrth i'r criw ddechrau cerdded tuag at gae rygbi Aberarswyd.

'Dwi'n poeni 'chydig am y llifoleuade,' sibrydodd Martin. 'Fyddan nhw ddim yn ddrwg iddyn nhw?'

'Na fyddan,' meddai Beth. 'Gole dydd yw'r perygl mwya. Ma llifoleuade'n iawn.'

Lawr ar y cae rygbi, roedd tad Arwel a'i gyfeillion yn cerdded lan a lawr yr ystlys yn ddiamynedd. Roedd tîm Aberarswyd yn rhedeg lan a lawr y llinell hefyd.

'Mae'n gas 'da fi weud hyn,' meddai Benbow, 'ond dwi'n credu bod dy fab di wedi anghofio'r cwbwl am y gêm.'

'Falle mai ofn sydd arno fe,' awgrymodd Huw.

Edrychodd aelodau'r pwyllgor ar dad Arwel. Roedd 'na dipyn o ymdrech wedi mynd i drefnu'r gêm ac roedd llawer o chwaraewyr wedi rhoi eu hamser sbâr er mwyn dod i chwarae.

'Na,' meddai. 'Fe fydd Arwel a'i dîm 'ma nawr, unrhyw funud, gewch chi weld. O! Bois bach . . .' Tawodd ei lais wrth iddo edrych ar draws y cae.

Yn raddol stopiodd tîm Aberarswyd redeg i fyny ac i lawr.

Stopiodd Benbow a Huw gerdded yr ystlys.

Gollyngodd dyn y fan fyrgers ei jymbo sosej yn y fan a'r lle. Syllodd Tania a'r cefnogwyr o'u blaenau'n gegagored.

Aeth pawb yn dawel wrth wylio'r Sombis yn ymddangos o'r tywyllwch. Criw o bob lliw a llun. Byddin o ddieithriaid, a phawb yn hyll (ar wahân i Arwel, wrth gwrs). Yn hynod, hynod o hyll, yn anghyffredin o hyll. Hwn oedd y tîm mwyaf hyll roedd tad Arwel wedi ei weld erioed.

'Ma dy fab 'di'n cymysgu â rhai go od,' meddai Benbow.

'Wel,' cytunodd Dad, 'd'yn nhw ddim yn Fwdists, ma hynny'n siŵr i ti.'

'D'yn nhw ddim yn edrych fel chwaraewyr rygbi chwaith – ma nhw bach yn hen,' meddai Harris.

Camodd y Sombis ar y cae. Aeth Beth, Martin a Gruff draw at yr ystlys. Yn rhinwedd ei swydd fel rheolwr y tîm, gwisgai Martin sgidiau sgleiniog a siaced a brynodd i fynd i angladd ryw dro. Tracwisg frown oedd gan Gruff. Cariai Beth fwced a sbwng gan mai hi oedd ffisio'r tîm. Yn gudd tu mewn i'r bwced roedd ganddi rolyn mawr o dâp – a fyddai'n ei ddefnyddio i rwymo unrhyw ddarnau o gnawd oedd yn debygol o ddisgyn oddi ar un o'r sombis.

Aeth pawb i'w safle. Safodd Arwel yn safle'r maswr.

'Nefoedd,' griddfanodd ei dad. 'Alla i ddim gwylio hyn. Bydd Steve yn 'i chwalu e.'

Cododd Arwel fawd ar Gruff oedd ar yr ystlys. Teimlai'n hyderus. Roedd rhaglen hyfforddiant dwys Gruff wedi talu ar ei chanfed. Teimlai na fyddai neb yn gallu'i gyffwrdd.

O'i flaen roedd y gwrthwynebwyr: Steve, Gilligan a detholiad o gyfeillion ei dad o'r clwb. O amgylch y cae gallai Arwel deimlo llygaid y dorf ddisgwylgar: bechgyn o'r ysgol, mam Beth – gallai weld ei gwallt coch – hyd yn oed Mr Edwards, roedden nhw i gyd yno'n gwylio.

Tu ôl iddo, gallai Arwel glywed Delme'n snwffian ac yn tagu, wedi cael ei lorio gan atgofion niferus o gêmau'r gorffennol.

Taflodd Steve y bêl at Arwel. Daliodd hi i fyny i bawb gael ei gweld. Yna ciciodd i gychwyn y gêm. Trawodd y bêl y tir, adlamu a smac! Ciciodd Arwel hi'. Hedfanodd fel taflegryn yn uchel i'r awyr. 'Bant â ni,' sibrydodd Arwel. Dyma hi.

Aeth dechrau'r gêm yn wael i'r Sombis. Doedd rhai ohonyn nhw ddim wedi chwarae rygbi o gwbwl ers dros hanner can mlynedd. Doedden nhw ddim yn gyfarwydd â theimlad na chyflymdra'r bêl, ac roedden nhw wedi anghofio llawer o'r sgiliau sylfaenol . . . yn cynnwys sut oedd ei dal. Doedd y pac ddim gyda'i gilydd o gwbwl. Roedden nhw'n gryf fel unigolion, ond yn wan fel grŵp. Ar y dechrau dim ond Arwel oedd yn dangos unrhyw hyder. Ciciodd i gyfeiriad yr yslys, pasiodd yn dda, ac fe lwyddodd i daclo Steve hyd yn oed. Roedd geiriau Delme'n gywir wedi'r cwbwl: ar y cae roedd mor gryf ag unrhyw oedolyn.

Doedd Arwel ddim yn hapus pan glywodd ei chwaer yn gweiddi: 'Cer Steve, lloria fe!' na chwaith pan wnaeth Gilligan ei fwrw. Ond roedd yn hwb clywed Beth yn gweiddi nerth esgyrn ei phen: 'Gilligan, y bwli mawr; piga ar rywun dy faint dy hunan.'

Ond er perfformiad unigol arbennig Arwel, roedd y Sombis ar ei hôl hi'n fuan iawn. Roedden nhw'n hynod o rydlyd, yn methu sawl tacl, yn colli'r bêl, a doedden nhw ddim yn gwybod llawer iawn o'r rheolau newydd. Ychydig cyn hanner amser roedden nhw ar ei hôl hi o bum pwynt ar hugain i ddim.

Ar yr ystlys, roedd tad Arwel, Benbow a Huw yn fodlon iawn â safon chwarae tîm Aberarswyd. Ond roedd rhywbeth yn poeni Benbow. Gafaelodd ym mraich tad Arwel. 'Y rhif 11 'na. Mae e yr un sbit â Glyn Griffiths, yr asgellwr chwim. Ti'n cofio fe?'

Nodiodd Dad ei ben. Roedd rhywbeth cyfarwydd am nifer o'r chwaraewyr yn nhîm Arwel. Roedden nhw'n edrych yn hynod debyg i ambell chwaraewr a oedd yn arfer chwarae flynyddoedd maith yn ôl. Crafodd ei ben. 'Dwi'n gwbod ond dwi ddim yn deall,' meddai'n feddylgar. 'Ma 'na rywbeth digon od am y tîm 'na.'

Wrth i chwiban hanner amser ganu, rhedodd Martin, Gruff a Beth mas ar y cae. Edrychai'r Sombis yn flinedig; roedden nhw'n plygu i lawr i geisio cael eu gwynt.

Camodd Gruff ymlaen atyn nhw. 'Ro'dd hwnna'n ofnadw,' gwaeddodd.

Plygodd Delme'i ben, a dechreuodd ei lygaid lenwi.

'Chi'n galw'ch hunain yn Sombis?' aeth Gruff yn ei flaen. 'Allech chi ddim codi ofn ar bryfyn. Ma nhw'n eich lladd chi. Yr unig un sy'n neud unrhyw beth da yw Arwel . . . ac mae e'n berson go iawn. Chi'n codi cywilydd ar y byd arall!'

Dechreuodd y Sombis ddawnsio'n anesmwyth yn eu sanau amryliw.

'Dewch nawr, fechgyn,' aeth Gruff yn ei flaen. 'D'ych chi ddim yn meddwl digon. Cofiwch pwy 'ych chi, neu oeddech chi; r'ych chi'n chwaraewyr arbennig; chi fydd y tîm gorau erioed.'

Edrychodd y Sombis ar ei gilydd, wrth iddyn nhw ddechrau dod i ddeall y neges yn araf. 'Ie wir,' meddai Rhif Dau. 'Mae'n iawn,' gan ddechrau chwerthin. Dechreuodd y lleill ymuno yn y sgwrs.

'Beth ar y ddaear ma nhw'n neud?' cwynodd Benbow ar yr ystlys.

'Sai'n gwbod,' meddai tad Arwel. 'Ma nhw'n griw rhyfedd. Mae'n edrych fel...tasen nhw'n chwerthin.'

'Ma Arwel yn chwarae'n ddigon da,' meddai Benbow. 'Ddylen ni roi cyfle iddo gyda'r trydydd tîm ryw ddiwrnod.'

'Dylen,' cytunodd tad Arwel, 'tu ôl i bac sy'n mynd am 'nôl, yn erbyn maswr Cymru ac asgellwr hanner call a dwl sy'n amlwg isie cicio'i ben e. Ydy, mae e'n neud yn eitha da. Ond am y gweddill ohonyn nhw, d'yn nhw ddim 'di neud dim. Allen ni fod 'di sgorio hanner can pwynt.'

Roedd yr ail hanner yn stori wahanol. Roedd y Sombis wedi dechrau cyfarwyddo â'r bêl ac wedi dechrau dod o hyd i'r cryfder. Roedd y pac hefyd yn tyfu mewn hyder a maint.

Dechreuodd yr adfywiad tu fewn i ddwy ar hugain y Sombis. Roedd blaenwyr Aberarswyd yn pwyso am gais pan ddaeth y bêl yn rhydd, ac fe gafodd Glyn, yr asgellwr, afael ynddi. Ochrgamu a phàs gyflym i Arwel, oedd â dim ond un peth ar ei feddwl. Byddai'n rhaid iddo gicio at yr ystlys neu fydden nhw'n sgorio dan y pyst. Yna clywodd sibrwd o gyfeiriad Glyn: 'tu fas'. Felly, sgubodd y bêl mas i asgellwr y Sombis a oedd wedi rhedeg o'i gwmpas mor gyflym ag y medrai. Newid cyfeiriad arall gan Glyn ac roedden nhw'n rhydd. Pasiodd Glyn y bêl 'nôl at Arwel, a sgipiodd hwnnw heibio i Gilligan mor ddiymdrech fel petai'n osgoi Gruff a'i ddarn o bren.

Gallai Arwel glywed sgidiau'r asgellwr yn brasgamu tu ôl iddo a gwyddai y byddai'n cael ei ddal yn fuan, felly cic fach bwt i'r dde i lwybr Glyn, cyn iddo gael ei lorio gan un o asgellwyr Aberarswyd. Gyda'r cefnwr wedi'i guro, a'r ddau asgellwr yn targedu Arwel, doedd yna neb yn agos at Glyn. Casglodd y bêl, a thurio o dan y pyst am gais cynta'r Sombis.

Aeth y dorf yn dawel. Yna'n araf dechreuon nhw glapio a gweiddi. Roedden nhw'n gwerthfawrogi rygbi da.

Gwaeddodd Gruff ar Arwel wrth iddo redeg yn ôl: 'Da iawn, boi; ti wnaeth y cais 'na.'

Rhedodd Delme ato a'i longyfarch. 'Can mlwydd oed a dal yn gyflymach na gwibiwr Olympaidd,' chwarddodd. 'Da iawn, Glyn.'

O'r eiliad honno chwaraeodd Arwel . . . fel Sombi. Roedd e'n wych. Roedd tîm Aberarswyd yn dda, ond doedd gan eu chwaraewyr ddim i'w gymharu â sgìl hynod y Sombis. Yn raddol, ildiodd eu gwrthwynebwyr. Methodd Gilligan dacl a chafodd ei eilyddio gan yr hyfforddwr. Dechreuodd pac Aberarswyd ildio i reng flaen y Sombis. Sgoriwyd cais arall, ac un arall. Cyn bo hir roedd y Sombis yn sgorio'n rhwydd, yn rhedeg fel y gwynt, yn hyrddio chwaraewyr mas o'r ffordd fel erydr eira'n dymchwel dynion eira. Deg pwynt ar hugain, deugain pwynt, hanner cant. Cyrhaeddodd mwy o dorf y cae rygbi. Roedd y clwb yn wag wrth i'r dorf ymgasglu ar yr ystlys i geisio cael cip ar y wledd. Trodd y cyfan yn arddangosfa o rygbi pwerus, pert a disgybledig. Ambell bàs hir yn cael ei sgubo mas, ciciau'n troelli'n berffaith drwy'r awyr, a thaclo digyfaddawd yn llorio'r gwrthwynebwyr. Prin y gallai Steve gredu'r hyn a welai. Roedd Arwel yn rheoli'r gêm. Erbyn y diwedd, roedd y sgôr yn dweud y cyfan. Saith deg tri phwynt i ddau ddeg pump. Ysgydwodd Steve ac Arwel ddwylo wrth iddyn nhw gerdded gyda'i gilydd oddi ar y cae.

'Pwy 'yn nhw 'te?' holodd Steve. 'Ma nhw'n anhygoel.'

Gwenodd Arwel. 'Y Sombis,' meddai.

Trodd ac edrychodd ar draws y cae. Roedd y Sombis wedi llwyr ymlâdd: gorweddai rhai ar y borfa fel petaen nhw newydd gael eu saethu tra plygai eraill drosodd, yn ceisio cael eu gwynt. Rhedai Beth rhyngddyn nhw bob un, yn rhwymo tâp ar rai o'r chwaraewyr nad oedd mor gadarn yr olwg, gan geisio sicrhau nad oedd unrhyw fysedd na thraed yn cael eu gadael ar y cae chwarae. Yn y cyfamser, roedd Martin yn brysur yn gwneud datganiad i ohebydd y papur lleol. Rhedai Gruff o gwmpas y cae yn annog y Sombis i ymuno â champfa er mwyn dod yn ffit.

Brysiodd tad Arwel draw. 'Anghofia am y sgôr, fachgen; dyna'r "gêm gyfeillgar" ore dwi 'di gweld ers blynyddoedd. Pwy ar y ddaear yw'r bois 'ma?'

'Alla i ddim gweud, Dad. Criw o ffrindie, dyna i gyd,' gwenodd Arwel gan afael ym mraich ei dad a'i dynnu i gyfeiriad y clwb, i ffwrdd oddi wrth y Sombis. 'D'yn nhw ddim yn siarad fawr â neb. Ma nhw'n hoffi'u cwmni eu hunain.'

Roedd y Sombis eisoes yn diflannu i'r nos, fel llongau yn y niwl. Eiliadau wedi'r chwiban olaf roedden nhw i gyd wedi mynd.

'Anhygoel,' ochneidiodd tad Arwel, wrth i dîm Aberarswyd gerdded i mewn i'r clwb yn glwyfau a chleisiau i gyd.

'Gwranda, 'machgen i,' meddai'n benderfynol. 'Ma'n rhaid i ti ddweud wrtha i... dy dîm di, dwi'n gwbod nad wyt ti isie datgelu unrhyw gyfrinache, ond...ma'n rhaid i fi gael gwbod pwy 'yn nhw.'

'Pobol,' meddai Arwel.

'Na, nid pobol gyffredin; dyna rai o'r talente rygbi gore dwi erioed 'di gweld. Ble nest ti eu ffeindio nhw?'

'Fan hyn a man draw,' meddai Arwel yn niwlog.

'Ma nhw'n griw hyll, ond ma 'na rwbeth amdanyn nhw,' meddai ei dad yn daer. 'Ma nhw'n edrych yn gyfarwydd. Ma un ohonyn nhw'n edrych yr un spit â Glyn Griffiths, yr Asgellwr Chwim: dim ond un cap i Gymru, ond yn arwr. Ro'n i'n meddwl 'i fod e 'di marw ugen mlynedd yn ôl. Ro'dd e fel edrych ar ysbryd o'r gorffennol.'

Edrychodd ar Arwel, ond ceisiodd hwnnw osgoi'r edrychiad. Gwyddai beth oedd ei dad yn ei feddwl – bod pobl yn gallu dod 'nôl o farw'n fyw. Daeth syniad amhosib i fedddwl Arwel, un nad oedd am ei drafod.

'Ma'n rhaid i mi fynd,' meddai Arwel wrth ei dad.

*

Yn hwyrach y noson honno aeth Arwel, Martin, Beth a Gruff i'r parti sombi mwyaf a oedd wedi cael ei gynnal erioed yn y goedwig.

Yn ogystal â'r hen ganeuon rygbi, roedd y Sombis wedi ychwanegu cân newydd eu hunain. 'Rhyddid a ddaw, byddwn yn rhydd', oedd eu cân.

Wrth i Beth wylio Gruff a Martin yn dawnsio o gwmpas y coed gyda'r Sombis, sibrydodd wrth Arwel: 'Ma hyn yn anghredadwy. 'Ma'r diwrnod mwyaf anhygoel yn 'y mywyd i.'

Cytunodd Arwel, ond ni allai ymlacio'n llwyr. Fesul un deuai'r Sombis ato gan ofyn, 'Pryd mae'r gêm ryngwladol?' Y cyfan y gallai wneud oedd gwenu a dweud, 'Cyn bo hir'. Ond y gwir oedd, doedd ganddo mo'r syniad lleiaf pryd fyddai'r gêm honno na hyd yn oed a fyddai yna gêm o'r fath.

A phan ddechreuon nhw ganu fraich ym mraich, 'Pryd? Pryd? Pryd?' dechreuodd deimlo'r ias annifyr, cyfarwydd yna eto.

Roedd y Sombis wedi newid; doedd Gruff a Martin ddim yn dawnsio gyda nhw mwyach. Roedden nhw wedi ei deimlo hefyd – y gwynt oer a frifai eu hasennau – oerfel y meirw byw.

Closiodd Arwel, Beth, Gruff a Martin at ei gilydd. Roedd rhyw ofn dwfn, pwerus wedi gafael ynddyn nhw. Roedd y Sombis fel bleiddiaid, un funud yn gyfeillgar dawel, a'r nesaf fel haid peryglus a di-ddal.

Sibrydodd Beth yng nghlust Arwel. 'Gall sombis fod yn ddireidus, ond gallan nhw fod yn hynod, hynod flin. D'yw hyn ddim yn arwydd da, Arwel.'

'Pryd? Pryd? Pryd?' sgrechiai'r Sombis a'u hwynebau du'n llawn egni oeraidd a rhyfedd.

'Ocê,' meddai Gruff. 'Ma 'da fi alwad newydd. Pan glywch chi'r alwad, ewch amdani…iawn!'

'Jyst rho'r alwad,' hisiodd Arwel; roedd y Sombis erbyn hyn bron â'u hamgylchynu, a'u canu'n hypnotaidd undonnog.

'Ma nhw mewn trans,' sibrydodd Beth. 'Sdim dal beth wnawn nhw nawr. Ma sombis yn gallu troi fel hyn. Ma nhw mor agos i'r tywyllwch nes bod hwnnw'n bygwth 'u boddi nhw. Allan nhw ddistrywio unrhyw beth yn y cyflwr hwn – hyd yn oed 'u ffrindie.'

'Pryd? Pryd? Pryd?' gwaeddai'r Sombis, gan symud eu traed a chau'r cylch hyd yn oed yn dynnach. Dim ond bwlch bach cul oedd yna i Arwel a'r lleill fedru dianc drwyddo. Roedd Gruff mor ofnus nes ei fod wedi colli ei lais. Fedrai e ddim gweiddi.

'Stop!' gwaeddodd Martin yn sydyn, â rhyw awdurdod annisgwyl yn ei lais. 'Fi yw eich rheolwr chi. Mae'n rhaid i chi wrando arna i! Nawr!'

Roedd y Sombis bron â chreu cylch cyflawn pan stopion nhw'n stond ac edrych i fyny.

'Ydy Arwel wedi'ch siomi chi erio'd?' gwaeddodd Martin. 'Fe gadwodd ei addewid, yndo 'fe? Oni bai amdano fe, fyddech chi ddim wedi cael gêm o gwbwl. Ma isie i chi ddangos eich bod chi'n ddiolchgar. Ac os 'ych chi isie gêm ryngwladol, fe fydd yn rhaid i chi ymddwyn yn llawer gwell.'

Plygodd y Sombis eu pennau gan fwmian eu hymddiheuriadau. Roedd eu cit yn edrych yn llwyd a di-siâp yng ngolau brwnt y goedwig. Camodd Delme ymlaen oddi wrth ei gyd-chwaraewyr mwdlyd. 'Sori' meddai, ei lygaid yn siglo'n beryglus. 'Ni 'di cynhyrfu braidd. Cyffro ennill ar ôl yr holl flynyddoedd 'ma. Ni'n gwerthfawrogi'r hyn r'ych chi 'di neud. Ni gant y cant tu ôl i Arwel.' Trodd at y sombis eraill. 'On'd 'yn ni bois.'

Nodiodd y Sombis, er bod ambell un yn fwy cyndyn i gytuno na'r gweddill.

'Pan ma nhw'n cyffroi, ma nhw'n anodd 'u rheoli. Wel, erbyn meddwl, dw inne rywbeth tebyg hefyd,' eglurodd Delme, wrth i ryw don fach o gryndod olchi drosto. 'Tasen i'n chi, byddwn i'n mynd adre nawr. Allwn ni fod yn eitha anwadal…weithie.'

Roedd Arwel wedi clywed digon. Roedd hi'n amser mynd. Rhoddodd hwb bach i Martin a Gruff a thynnu Beth ar ei ôl gerfydd ei braich. 'Dewch mlan!' gwaeddodd a gwibiodd y pedwar heibio'r Sombis, i lawr drwy'r goedwig, eu traed yn codi'r nodwyddau pin wrth iddyn nhw frysio'n eu blaenau.

Dilynodd y Sombis hwy gan chwerthin fel hienas a thorri canghennau wrth iddyn nhw wthio drwy'r coed. Gêm oedd y cyfan iddyn nhw. Rhedai Delme tu ôl y prif griw, yn trio'u hannog i bwyllo ac ymdawelu.

Doedd Arwel ddim yn gwybod sut y llwyddodd i gyrraedd tŷ Martin. Roedd ei dîm buddugol wedi troi'n bac o anifeiliaid gwyllt, yn ymosod arnyn nhw o bob cyfeiriad. O'r diwedd, yn gymharol ddiogel, ac allan o wynt, pwysodd y pedwar ar wal yr ardd. Syllodd Arwel yn ôl ar y goedwig dywyll. Dychmygodd y Sombis yno, fel crancod yn clecian, yn oer, a bron â marw eisiau clywed am eu gêm nesaf.

'Ma'n rhaid i ni, ryw ffordd neu'i gilydd, gael gêm ryngwladol i'r bois 'na,' cwynodd Martin, wrth geisio cael ei wynt.

Nodiodd Arwel. Teimlai'n oer, fel petai'r Sombis yn dal i gadw llygaid arno, yn dilyn pob symudiad.

'Ar ba ochr ma nhw?' ochneidiodd Gruff.

'Ro'n nhw'n neud yr hyn sy'n dod yn naturiol iddyn nhw. Dy'n nhw ddim fel ni, ond o leia ma' nhw 'nôl ar ein hochor ni nawr,' meddai Beth.

'Grêt,' ebychodd Arwel.

*

Roedd y diwrnod canlynol yn ddiwrnod digon rhyfedd. Pennawd tudalen flaen y papur lleol oedd: 'Pwy yw'r Sombis?' Pwysai'r papur ar focs o greision ŷd o flaen tad Arwel, a oedd yn gwenu'n frwd.

'Am noson!' meddai wrth i Arwel dwrio drwy'r oergell am ddarn o gaws.

'Ges ti gêm wych,' meddai Dad. 'Ti'n rhif 10 naturiol iawn.'

Cododd Arwel ei ysgwyddau'n ddiymhongar. 'Ma'n rhaid mai'r drymio wnaeth y tric, Dad,' meddai.

Edrychodd ei dad arno'n feddylgar am eiliad. Cofiodd am y noson y treulion nhw yn y stafell fyfyrio a gwenu. 'Ie, ma'n siŵr dy fod ti'n iawn,' meddai, gan sylweddoli y gallai yntau gymryd rhan o'r clod am berfformiad ei fab.

Yn yr ysgol roedd pawb eisiau trafod y tîm newydd ag Arwel. Yn sydyn roedd Martin a Gruff yn boblogaidd iawn. Nhw oedd y criw cŵl. Roedd hyd yn oed Blwyddyn 12 a 13 eisiau eu cwmni. Roedd y merched i gyd eisiau siarad â Beth ac roedd pawb ar dân eisiau gwybod pwy oedd y Sombis. Ond gwyddai Arwel a'r criw na fedren nhw ddweud gair. Rywfodd neu'i gilydd roedd yr oerfel a deimlon nhw yn y goedwig wedi aros gyda nhw.

Ar wahân i'r teimlad fod rhywun yn ei wylio o hyd, dim ond un peth gwael a ddigwyddodd i Arwel y diwrnod hwnnw, a hynny ar y ffordd adref o'r ysgol, tu fas i siop Spar, pan afaelodd Gilligan ynddo. 'Ti'n meddwl dy fod ti wedi ennill y gêm, yn 'dwyt ti, ond dwi'n dy rybuddio di. Dwi'n mynd i ffindo mas beth yw dy gêm di. Ti'n neb. Ma isie i bawb gael gwybod dy fod ti'n ffêc. A'r tîm 'na? Dwi'n mynd i ffindo mas amdanyn nhw hefyd.'

Cerddodd Arwel adre ar ei ben ei hun heb wybod yn iawn sut y dylai deimlo. Roedd wedi trefnu i dîm o chwaraewyr rygbi meirw gan mlwydd oed chwarae ac ennill gêm go iawn. Roedd wedi chwarae'n wych fel maswr ac wedi bod yn gapten ar y tîm. Allai Gilligan ddim dweud na gwneud dim i newid hynny. A phe bai Gilligan yn penderfynu ymchwilio i'r Sombis, wel, efallai y cai dipyn o sioc.

Aeth cwmwl heibio i'r haul, gan fwrw cysgod sydyn dros Aberarswyd. Crynodd Arwel. Meddyliodd am y Sombis, a'r düwch marwol oer yn y goedwig ddu. Gwyddai na fydden nhw'n fodlon â buddugoliaeth fach leol. Ni fyddai chwarae gêm 'gyfeillgar' yn erbyn Aberarswyd yn ddigon. Ond sut oedd e'n mynd i gael gêm ryngwladol go iawn i'w dîm?

Roedd hynny'n mynd i fod yn anodd.